ADOLPHE

OV

LE BIGAME

GENEREVX.

TRAGI-COMEDIE.

A PARIS,

Chez PIERRE LAMY, au Palais, au second
pillier de la grande Salle. 1650.

AV LECTEVR.

JE ne croy point flatter ce Bigame de le nommer Genereux, puis qu'il ne peut estre accusé de la Vertu que d'auoir trop fait pour elle, & qu'il fait voir dans les circonstances de son second mariage qu'il ne s'y engagea que par generosité. Adolphe en effet n'est Bigame que quand il ne le sçait pas; & dés qu'il le sçait, il veut cesser de l'estre pour estre toûjours genereux. Ainsi de ces deux qualitez il ne retient que celle qui fait les Heros, & celle qui ne le fait pas tel ne l'empeschant point de l'estre, luy sert d'vne ombre en passant pour releuer l'éclat de l'autre. Sa gloire paroist trop dés le premier Acte pour laisser conceuoir de luy de raisonnables soupçons. Dans le second sa iustification est trop forte pour donner prise à la censure : Et dans les suiuans son procedé qui le iustifie encor mieux que ses paroles, peut satisfaire le plus rigoureux deuoir. Il est permis à ses deux Femmes de le nommer coupable de leur infortune, quoy qu'il n'en soit que le sujet, dans les premiers mouuemens d'vne foy qui se peut croire trahie, vne froideur iudicieuse ne leur sieroit pas : Cet interest en elles est si delicat, qu'il a droict de condamner sur l'apparence ; & leur déplaisir est si iuste, qu'il leur sied mieux de se plaindre de l'innocent, que de ne se plaindre de personne : Mais celles qui n'ont point lieu d'en iuger auec passion, ne luy peuuent rien reprocher qui choque veritablement la delicatesse de leur sexe, ou la seuerité du nostre, apres qu'il a failly par erreur dans le dessein de bien faire, & n'a manqué contre la Loy que par vn zele de Religion : Aussi voit-on son excuse deuant que de voir son erreur ; & son erreur reconnuë sert à le piquer d'vne fidelité plus ferme. Peut-estre qu'au sentiment de quelques-vns ie le defends par son foible : Il est trop dans l'air du Christianisme pour estre dans l'air du Siecle ; la fidelité dont il se pique n'est pas vne vertu fort à la mode, & il pourroit mieux reüssir auec plus de galanterie & moins de sincerité ; comme ce defaut fait vne partie de son merite, le reproche feroit vne partie de son eloge. I'auoüe, & c'est le

à ij.

AV LECTEVR.

malheur des hommes, que la façon dont il aime & dont il est aimé, n'est pas fort commune en ce temps; mais la rareté n'oste pas le prix aux choses, au contraire elle est bien souuent vne marque de leur bonté. L'amour a-il moins d'agrément depuis qu'il se tourne en deuoir, & qu'il deuient vne vertu ? Plaist-il moins quand il s'annoblit ? A le bien considerer l'amour de deuoir n'a pas moins de graces que l'amour d'inclination ; & souuent ils s'entresuiuent en sorte, que tous deux ne deuiennent qu'vn en de belles ames ; vne obligation reciproque rend cet amour si loüable, qu'il n'est pas moins seant à la femme qu'au mary : S'il ne se pique pas comme l'autre de mollesse & d'affeterie, il le surpasse souuent auec vne force naïue & capable des plus insignes effets, mesme dans son dérégle-ment. Sans cet amour le desespoir d'Herode & de Massinisse, le fameux desastre de Mariane & de Sophonisbe, n'auroient pas doné matiere à deux Tragedies les plus fortes de leur temps : C'est luy qui sçait éleuer à de si hauts sentimens le courage de Cornelie, & l'esprit de Monsieur Corneille : Ces personnes si celebres dans l'Histoire n'ont fait bruit sur les Theatres, que par les belles violences de cette ardeur conjugale : C'est pourquoy i'essaye à la representer icy par des excés dignes d'elle ; & si ie la fay quelquefois combattre par de contraires mouuemens, c'est enfin pour la faire vaincre. Dans ce dessein ie fay paroistre bien-tost le Bigame entre ses deux fêmes pour ne pas faire languir l'auditeur dans l'attête d'vn incident que ce titre luy promettoit. Ce rencôtre si nouueau d'où naissent diuers contrastes de jalousie & d'amour, de tendresse & de fureur, n'é-puise point la force de mon sujet ; & cet incident en traisne assez d'autres en suitte pour paroistre de bonne heure : S'il en vient plus qu'on n'en at-tend, il n'en vient pas plus qu'il en faut ; & ie croy que cette fecondité qu'on souhaite ailleurs, ne doit pas déplaire icy : Ils n'y viennent pas tant en foule, qu'ils n'y viennent passablement en bon ordre, & qu'ils n'ayent tous droict de paroistre dans vn lieu dont ils sont originaires, chacun dans plus ou moins d'espace ayant sa libre étenduë, loin de s'entrenuire ils s'entrepreftent des forces ; loin d'offufquer le sujet ils le remplissent sans embarras, & le diuersifient sans confusion : Quoy qu'ils soient assez diuers ils me semblent qu'ils naissent tous les vns des autres, & tous ensemble d'vne mesme source : Ceux qui viennent contre l'attente ne viennent point contre la raison ; & si les auditeurs y sont quelquefois trompez, c'est

pour y mieux trouuer leur compte. Tous ces diuers incidens concourent
à mesler le nœu de l'intrigue, qui est la difficulté que rencontre par tout
le Bigame de se reünir à sa veritable moitié; & dans la conclusion tout
contribuë à son dénoüement. A mon aduis cette intrigue pour estre
beaucoup meslée, n'est aucunement embroüillée, & ne laisse d'obscurité
que dans l'auenir, c'est à dire vn suspens continuel, dont on ne doit demander la fin que dans celle de la Piece; quoy qu'elle soit fort remplie
elle se renferme sans contrainte dans les plus étroites bornes du temps
& du lieu; l'vnion des Scenes n'en gesne point l'ordre & la disposition,
chacune est tellement dans son lieu, qu'on ne sçauroit les transposer sans
quelque desordre; la pluspart des entrées & des sorties arriuent dans vne
conjoncture qui leur donne quelque agrément: toutefois s'il y a de l'artifice en cette conduite, il est sans affectation. Les principales actions de
nostre Heros donnét vn exemple aussi bon qu'il le doit estre moralement;
& les moindres ne le donnant point mauuais, partent toûjours d'vn bon
principe. Ces femmes ne font rien que le motif n'excuse ou ne iustifie;
ou si leur animosité va trop loin, leur bonté ira encore plus auant: Toutes
les actions des autres qui ne doiuent pas estre exemplaires, sont conformes
au caractere particulier de leur personnage; leurs passions y sont dépein-
tes, sinon auec force, du moins auec naiueté; & les sentimens y sont tels,
qu'on en peut estre touché sans passer pour foible. Pour les Vers on peut
dire qu'ils coulent plus qu'ils ne rampent; neantmoins ce ne font pas de
ces Vers commodes qu'vne adroitte sterilité approprie à diuers sujets:
Ceux-cy ont le defaut des pierres d'vne Architecture exquise, qui n'ont
leur iustesse que dans le bastiment pour lequel elles sont taillées; ils ne
font pas assez beaux pour faire croire que le sujet soit fait pour eux, mais ils
semblent assez justes pour faire dire le contraire: Enfin le style ny le
Theatre n'y paroist point déreglé, & cette agreable reforme de la Co-
medie qui rend ses feintes aimables mesme aux Philosophes, dans celle-
cy est assez visible à quiconque veut bien la voir; & quand d'aucuns ne la
verroient pas, l'aueuglement volontaire ou naturel ne peut obscurcir la lu-
miere. Puis que les parties de cette Piece semblent assez se soustenir, le fon-
dement qui les apuye ne doit pas estre moins ferme. Si le nœud de ce sujet
est inoüy sur le Theatre, il n'en est que plus surprenant & nouueau;
s'il est commun dans la vie, il n'en est que plus vray-semblable, & la vray-

AV LECTEVR.

ſemblance auecque la nouueauté eſt bien venuë ſur la Scene quand la bien-ſeance l'y introduit, & ce Bigame y peut pareſtre en qualité de genereux auec bien-ſeance ; comme il vit encor dans l'Hiſtoire auec honneur. Pour peu que ce ſujet a de graces, elles s'accommodent au Theatre; mais elles n'y ſont pas tellement aſſujeties, que ie ne les aime mieux au grand iour où tout ſe découure, qu'aux flambeaux où les mauuais yeux ſe trompent. Pluſieurs qui ont toute l'ame dans les ſens, trop attachez à l'exterieur du Theatre, ne ſçauent pas diſtinguer la choſe repreſentee d'auec ſa repreſentation : Cette eſpreuue eſt ſi trompeuſe pour les moins clairvoyans, qu'elle leur rend quelquefois des beautez diformes, & parfois leur deſguiſe agreablement des diformitez, quoy que le Poëme Dramatique attende ſon premier prix de cette perilleuſe lice : C'eſt vn eſtrange ſujettion à de purs ouurages d'eſprit de paſſer par le iugement des ſens, & de deſpendre de la diſpoſition non ſeulement des Acteurs qui ne peuuent pas eſtre touſiours également aſſortis à leurs perſonnages, mais auſſi des ſpectateurs dont la pluſpart n'ont pas la veuë aſſez nette pour deſcouurir la netteté d'vne Piece à trauers mille accidens dont elle ne peut reſpondre : Il ne faut que le caprice d'vn Acteur, qu'vn habit biſarre, qu'vn geſte meſeant, qu'vn accent deſagreable, pour faire tourner le plus ſerieux en riſible; il ne faut qu'vn mot mal prononcé & interpreté de trauers pour faire appliquer ſon mauuais ſens à tout le reſte de l'ouurage, & faire paſſer des manquemens de l'actió ou de l'auditoire pour des fautes de l'Autheur, & donner d'abord vne impreſſion que l'on prend à la legere pour la garder obſtinement, parce que l'obſtination eſt le chaſtiment ordinaire des iugemens inconſiderez. I'oſe croire que ce Poëme ne dépend pas abſolument d'vne eſpreuue ſi douteuſe; à le voir dans ſon naturel dénué d'appareil exterieur, il a ſouuent arreſté des yeux qui ſçauent iuger des choſes par elles-meſmes : Ie puis dire qu'il a fait voir dans ſa lecture que ſon eſtime ne releue pas de ſa repreſentation; mais dans l'vne & l'autre l'approbation commune des plus connoiſſans & des plus deſintereſſez a monſtré que ſon plus grand defaut eſt de n'eſtre pas generalement connu : Ie ne doute pas qu'il n'en ait de plus eſſentiels; s'il n'eſtoit defectueux il ne tiendroit pas de ſa ſource ; ce qu'il tient de moy me donne le droict de le ſoupçonner, & i'en ſuis poſſible moins ſatisfait que de plus habiles que moy : Mais dans le iugement qu'ils en font ie leur defere trop pour les en deſa-

AV LECTEVR.

uoüer; & si l'en presume à faux, ie me trompe auec des plus sages peu
sujets à se tromper en des choses plus importantes : Au moins n'ont-ils
point esté par mon artifice ébloüys ny preuenus pour leur dérober leur
suffrage, au lieu que d'autres qui seroient dans vn sentiment opposé pour-
roient bien estre surpris & preoccupez. Si cet ouurage est foible, ce n'est pas
manque d'auoir de son costé les plus apparentes raisons & la plus legitime
force qui regne sur nos iugemens : Mais n'est-il point bien temeraire de
s'exposer à la veuë de tant d'Esprits si penetrãs, qu'ils iugent d'abord d'vne
Piece sur le titre, & si raffinez en nostre Langue, qu'ils n'entendent pas le
mot de Bigame ? Quelques-vns ont creu qu'il leur parleroit vn langage
bien éloigné du François ; & ce terme vulgaire qu'il est leur ayant passé
pour Arabe, leur a fait prendre la qualité du personnage pour son nom
propre. Apres cela l'ignorance a bonne grace de s'eriger en Arbitre, & se
piquer de iugement : Il en est de moins ignorans qui ne sont pas plus raisonnables ; comme ce n'est pas toûjours vn bon signe que de leur plaire,
c'est bien le moindre de mes soins. Le peu de part que ie voulus prendre au destin de cette Piece ne m'ayant pas obligé à luy rechercher d'autre
appuy que ceux qu'elle peut prendre d'elle méme, ne m'engage pas au soin
de la dedier. Plusieurs dedient leurs ouurages pour les faire proteger, &
font vn present pour demander vne grace ; pour moy ie n'en voudrois pas
faire vn qui empruntast son estime de celuy qui le receuroit : C'est pourquoy ie n'offre celuy-cy qu'à l'indifference du public, de peur qu'il ne semble implorer le nom d'vn particulier : Il n'a pas besoin de faueur s'il peut en
parestre digne ; ce n'est pas que ie manque de respect pour ceux à qui ie
le doy ; la premiere Puissance qui preside à cet Estat a receu l'hommage
du premier essay de ma plume : Aussi luy deuois ie ce tribut, puis qu'il
porte le caractere de celuy dont elle porte l'image ; mais cet autre Poëme
dont le principal but est le plaisir ne m'est pas assez precieux pour l'offrir en
ceremonie, & ie croirois rendre à vne Personne eminente vn respect trop
au dessous d'elle, de luy consacrer cet ouurage, s'il ne merite son appuy ;
ou s'il le peut meriter, ie la croirois trop peu juste de douter qu'elle luy
refuse ce qu'il doit obtenir sans le demander. I'espere qu'on iugera bien du
Bigame, pourueu qu'on estime les Genereux : Au pis aller qnand on ne luy
feroit pas justice, il auroit du moins cela de commun auec plusieurs Illustres du siecle.

ACTEVRS.

FREDERIC, Empereur.

ADOLPHE, Vaſſal de Frederic.

LEON, beau-pere d'Adolphe.

ALBERT, Fauory de l'Empereur.

EVGENIE, fille de Leon, femme d'Adolphe.

IRENE, autre femme d'Adolphe.

TRASILE, ſuiuant d'Adolphe.

SOPHRONIE, ſuiuante d'Eugenie.

La Scene eſt à Erford Ville de l'Empire, dans vne Sale de Leon.

ADOLPHE

OV

LE BIGAME

GENEREVX.
TRAGI-COMEDIE.

ACTE PREMIER.
SCENE PREMIERE.

FREDERIC, ALBERT, EVGENIE.

FREDERIC à EVGENIE.

VOY? pour vous confoler, c'eſt peu que ma viſite;
Faut-il qu'aupres de vous mon pouuoir ſe limite?
La part qu'vn Souuerain prend en vos intereſts,
Eſt-ce vn foible moyen pour finir vos regrets?
Vn an de pleurs ſuffit au plus triſte veſuage;
Mais toûjours faire au monde vn ſi mauuais viſage;

A

LE BIGAME GENEREVX,

Auoir pour vn seul homme vn aussi long ennuy,
Que si vostre Patrie estoit morte auec luy,
Auoir d'vn vieil malheur vne douleur recente,
C'est pour vne belle ame estre bien peu constante;
D'autres ont soûtenu d'aussi funestes coups,
La mort de nos Guerriers saigne à d'autres qu'à vous,
Depuis leur saincte guerre, où leur perseuerance
Couronna leur valeur d'vne noble souffrance,
Où l'Egypte leur fit des écueils de ses bords,
Indigne cimetiere à tant d'illustres morts,
Soit accablez du nombre au milieu de leur gloire,
Soit tombez dans l'embusche en suiuant leur victoire,
Consommez de trauaux, ou battus des rigueurs
D'vn climat qui vangeoit les vaincus des vainqueurs,
On diroit que par tout leur mort vous accompagne,
Que vous y perdez plus que toute l'Allemagne,
Que tant de genereux n'ayent pery que pour vous,
Et que vefue d'vn seul, vous gemissiez pour tous,

EVGENIE.

Oüy, ie soûpire encor pour tous ces grands courages,
Qui marquerent ces bords de leurs sanglans naufrages;

Oüy, Seigneur, ce me font de cruels entretiens,
Puis que tous leurs malheurs representent les miens.
Quand on dépeint les coups d'vne fi rude guerre,
Vn Chef heureux fur mer, & malheureux fur terre,
Vn appuy de la Foy preßé d'vn mauuais fort,
Vn Heros fait captif, ou victime de mort,
Ie reffens ces reuers, ces morts, ces efclauages,
Ie pleure mon Adolphe en fes trifles images;
Et tant d'Hommes fameux femblent n'auoir pery,
Que pour me figurer la perte d'vn mary;
Enueloppé qu'il fut par le nombre & la rufe
Des ennemis pouffez jufqu'aux murs de Pelufe,
Il perdit trop de fang pour conferuer fes jours,
Et verfa trop du leur pour auoir leur fecours;
Vn furcroift de douleur, de chaifnes, & d'injures,
Fut lors tout l'appareil qu'on mit à fes bleffures.
Ie ne l'ay que trop fceu pour m'accabler d'ennuis,
Et pour mon defefpoir ie n'ay rien fceu depuis;
S'il n'eft mort de fes coups, il eftoit affez braue
Pour expirer bien-toft du regret d'eftre efclaue;
Celuy que i'enuoyay pour racheter fon corps,
Ie l'enuoyay fe perdre en ces funeftes Torts.

4 LE BIGAME GENEREVX,

FREDERIC.

Il faut qu'vn peu de joye à tant d'ennuis succede;
Et comme i'y prens part, i'y veux donner remede.

EVGENIE.

Seigneur, vostre bonté peut tout pour m'obliger;
Mais le pouuoir d'vn Prince est peu pour m'alleger.

FREDERIC.

Ie croy pouuoir dans peu vous rendre l'allegresse.

EVGENIE.

Vous forcerez la mort, plustost que ma tristesse;
C'est là qu'vn Prince est homme, & tout l'humain effort
Ne peut me soulager, ny ranimer vn mort.

FREDERIC.

Iusqu'icy ie vous plains, & vostre perte est grande;
Mais vous ne perdez rien, que ie ne vous le rende.

EVGENIE.

Qu'on cherche en vos Estats, & par tout l'Vniuers,
On ne me rendra point le mary que ie pers.
Amour, respects, deuoirs, vertus, graces, merites....

FREDERIC.

Hé bien, ie vous rendray tout ce que vous me dites.

EVGENIE.

Vous me rendrez Adolphe.

FREDERIC.

Vn qui le vaudra bien.

EVGENIE.

Ah! Seigneur, s'il n'est plus, vous ne me rendrez rien.
Quoy ? par vn autre amour m'arracher sa memoire,
Ma fidelle tristesse, & ma derniere gloire ;
M'oster la liberté des pleurs que ie luy doy
Et de faire pour luy ce qu'il eust fait pour moy ?

FREDERIC.

Vous perdant, son courage auroit mieux sçeu parestre,
Il eust esté plus ferme, & vous la deuez estre.

EVGENIE.

Aussi veux-je estre ferme en ce dernier deuoir.

FREDERIC.

Mais cette fermeté ressemble au desespoir,
Cette triste vertu degenere en foiblesse ;
Pour le repos d'Adolphe, il est temps qu'elle cesse ;
S'il vous pouuoit respondre, il diroit c'est assez ;
Oubliez vostre perte, & la recompensez ;
Auec vn plus heureux reuiuez plus contente ;

Ie l'eſtime, il vous aime, & ie vous le preſente;
Son merite en mon offre, eſclate à découuert;
Pour ſon rang & ſon nom, vous le ſçaurez d'Albert
Reſpondez, bien au choix dont mon ſoin vous honore,
Tel qui fuit la fortune en vain apres l'implore.   Il ſort

EVGENIE.

Il aura mes reſpects, mais Adolphe a ma foy.

SCENE II.

ALBERT.   EVGENIE.

PVIS que ſa Majeſté veut s'expliquer par moy,
  Surmontez, pour luy plaire vn ennuy trop farouche;
Qu'vne offre d'Empereur ne vous choque en ma bouche,
La main dont elle vient en augmente le prix;
Des Princeſſes l'ont veu ſans haine & ſans meſpris:
Ie croy bien qu'il pourroit valoir vne Princeſſe;
Et ne vous valoir pas, luy meſme le confeſſe
Pour vous mieux aſſortir d'vn party plus eſgal,
Ceſar deuoit s'offrir au lieu de ſon vaſſal;
Mais il met ce vaſſal ſi haut qu'il ne peut craiſtre,

A moins que de vous plaire , ou d'egaller son maistre ;
Ah ! s'il auoit l'Empire , où vous mesme à son choix ,
Il quitteroit pour vous ce que briguent les Roys ;
S'il n'est digne de vous , son rang donne des marques
Qu'il est consideré du plus grand des Monarques.

EVGENIE.

Seigneur c'est le despeindre assez sans le nommer ;
Et ne l'offrir qu'à moy , c'est trop peu l'estimer ;
Il est trop , il vaut trop , pour vne infortunée ,
Et sa prosperité craindroit ma destinée ;
Sa joye & ma douleur seroient-elles d'accord ?
Voudroit-il espouser cette moitié d'vn mort ?
Pour luy cette vnion seroit trop d'angereuse ;
Il n'est pas tant heureux que ie suis mal-heureuse ;
Il me veut consoler , ie le ferois souffrir ;
Ie n'aurois qu'à l'aimer , pour le faire perir.
Ainsi perit Adolphe à cause que ie l'aime ,
En accepter vn autre , est le perdre de mesme ;
C'est à qui me recherche , vn trop funeste apas ;
Et ie le haïrois pour ne le perdre pas.
Ne luy souhaittez point cette fatale veuuë ,
Et laissez là languir , sans la mettre à l'espreuue.

ALBERT.

L'Empereur m'offre à vous, & vous me refusez?

EVGENIE.

Ie m'excuse à luy mesme, & vous vous produisez,
Employez mieux, Seigneur, l'autorité suprême,
Qu'à me vouloir contraindre en faueur de moy mesme;
Ie ne merite pas ce fauorable effort,

ALBERT.

Madame, i'ay failly, qui vous recherche, a tort,
Haissez les viuants, cette gloire est fort belle,
A qui n'aime qu'vn mort, & mort en infidelle.

EVGENIE.

Lasche ruse!

ALBERT.

Et sa honte a rejalli sur nous.
Pardonnez comme veuue, aux cendres d'vn espoux:
Mais excuserez-vous, genereuse & Chrestienne,
Dans vn chef de Chrestiens, l'erreur Egiptienne
Auriez vous pû le voir dans cette infame erreur,
Trahir l'honneur, la Foy, l'Estat, & l'Empereur
Affronter Ciel & terre, & m'esprifer leur haine,
La Majesté Diuine encor plus que l'humaine

Ce

Ce qu'il eut de plus sainct, ce qu'il eut de plus cher,
Et ce parfait amour qu'on vous peut reprocher?
Genereuse & Chreſtienne, oferez-vous l'abſoudre,
D'vn crime à qui le Ciel promet pis que la foudre?

EVGENIE.

Il promet pis encor à qui l'accuſe ainſi;
Pûſt-il reuiure vn peu pour vous confondre icy;
Auoir abandonné contre vn peuple infidelle
Sa franchiſe & ſa vie aux efforts de ſon zele,
Pour ſa Foy, ſon honneur, ſon Prince, & ſon pays,
S'eſtre immolé pour eux, c'eſt les auoir trahis?
Vous ne paſſerez pas pour traiſtre de la ſorte.

ALBERT.

On ſçait ſi ie m'épargne où la gloire nous porte;
I'euſſe pû comme luy choir aux mains d'vn Sultan,
Mais non pas comme luy finir Mahometan;
Ce qu'il acquit d'honneur à nos ſainctes querelles,
Il l'a voulu porter aux pieds des Infidelles;
Et pour ſe rendre illuſtre en vn barbare Eſtat,
Couronner d'vn Turban des crimes d'Apoſtat;
Mais le fiel de ſon cœur infectant ſes bleſſures,
Vengea le Ciel & nous de ſes lâches injures;

B

Il eſt vray qu'à la mort cet Eſpoux ſi parfait
Inuoquoit Eugenie auecque Mahomet.

EVGENIE.

Albert d'où tenez-vous de ſi rares nouuelles ?

ALBERT.

I'ay des lettres d'Egypte & des témoins fidelles.

EVGENIE.

Croyez-vous pour me rendre vn Eſpoux odieux,
Vous rendre plus aimable & me ſeduire mieux ?
Si ce recit eſt faux comme i'ay lieu de croire,
Ma haine eſt tout le prix d'vne fourbe ſi noire ;
Vous attirez ſur vous par ce honteux rapport
Les traits que vous lancez contre l'honneur d'vn mort ;
S'il tomba dans ce crime, ou s'il en fut capable,
Vous m'eſtes odieux pour le monſtrer coupable ;
Pour m'apprendre ce crime ou l'auoir inuenté,
Pour l'horreur du menſonge ou de la verité,
Cruel en l'vn ou l'autre, allez ie vous deteſte.

SCENE III.

ALBERT, EVGENIE, SOPHRONIE.

SOPHRONIE.

Madame, ie ne sçay si quelque espoir nous reste
Trasile est de retour, il paroist interdit,
Il a beaucoup à dire, & pourtant n'a rien dit.

EVGENIE.

L'espoir qui vous reuient n'est qu'vne resuerie,
Enuoyez-le m'attendre en cette Galerie.

ALBERT.

Quoy? me defendez-vous ce nouuel entretien?

EVGENIE.

Vostre discours peut-estre obscurciroit le sien,
Vous n'auriez pas plaisir à nos bonnes nouuelles,
Ou vous en auriez trop, s'il m'en vient de mortelles.

ALBERT.

Vous sçaurez mieux vn iour le bien que ie vous veux.

EVGENIE.

La Cour a des sujets plus dignes de vos vœux.

Albert
sort.

B ij

Il vient, c'est mon Arrest que nous allons entendre, Trasile entre.
Je crains de le sçauoir & brûle de l'apprendre.

※※※※※※※※※※ : ※※※※※※※※※

SCENE IV.

EVGENIE, TRASILE, SOPHRONIE,

EVGENIE.

TV reuiens sans ton Maistre, & tu parois sans luy.

TRASILE.

Ie reuiens seul Madame, & c'est tout mon ennuy.

EVGENIE.

Est-il mort genereux?

TRASILE.

Non pas mort que ie sçache;
Pour genereux il l'est, & sa gloire est sans tâche.

EVGENIE.

Est-ils toûjours fidelle?

TRASILE.

Il l'est, s'il est viuant,
Armé de Foy par tout il a vaincu souuent.

EVGENIE.

Eſt-il captif ?

TRASILE bas.

Peut-eſtre en vn eſtat bien pire.

EVGENIE.

Eſt-il viuant ? reſpons.

TRASILE.

Ie ne puis vous le dire.

EVGENIE.

Comment donc ſans mourir as-tu pû le laiſſer ?

TRASILE.

Ah ! ie ne m'en puis taire, & crains de l'annoncer.
Quand ie fus par voſtre ordre en ce pays d'alarmes
Racheter vif ou mort cet objet de nos larmes,
Preſque abordé i'allois propoſer ſa rançon,
On me fit priſonnier ſous vn leger ſoupçon.
Là ie n'eus d'autre fruit d'vn ſi fâcheux voyage,
Que le bien d'approcher mon Maiſtre en l'eſclauage ;
Nos fers eſtoient pareils, mais i'adoucis les miens
Quand i'obtins de ſeruir ce Heros dans les ſiens ;
Nous parlions de rançon et nous demandions grace,
Ils ne nous répondoient que par offre & menace,

Pour ranger ce grand cœur à leur honteuse loy,
Et gaigner vn captif maistre encor de sa foy;
Mais ce captif vainqueur des peines les plus dures
Méprise leurs faueurs autant que leurs injures.
Comme sa vertu brille à force de malheur,
La Fille du Sultan prend part à sa douleur,
Des maux que fait son Pere elle offre le remede;
Mon Maistre luy promet nos rançons pour son aide.
Va, dit-elle, tes faits t'ont mis à trop haut prix,
Et tes biens ne sçauroient payer ceux qui t'ont pris;
I'vseray mieux que tous d'vn si bel auantage;
Ta vertu t'exposa, la mienne te dégage;
Tes Gardes te suiuront, i'ay tout gagné sur eux,
Et ce pays sauuage a quelques genereux.
Son adresse & la nuict concertent nostre fuite,
Six Gardes, dix Captifs courent à nostre suite;
Dans vn leger Vaisseau qu'elle auoit fait armer
Nostre espoir renaissant s'abandonne à la mer;
Nous laissons nos malheurs sur cette riue affreuse,
Où s'échoüa souuent la vertu malheureuse,
Et pleurons d'y laisser des nostres morts & vifs,
Mais nous déplorons moins les morts que les captifs.

Vn vent frais nous enleue à la faueur de l'ombre,
Là nostre espoir luit mieux dans l'heure la plus sombre ;
Trois jours nous n'auions veu que les flots & les Cieux ;
Et la Crete déja se formoit à nos yeux
Quand nostre sort passé retourne & nous ameine
Deux restes impreueus de la rage Affricaine,
L'Egypte jusques là nous vient porter ses coups ;
Ce sont deux Brigantins qui singlent droit a nous ;
Leur Croissant arboré de loin les fait entendre,
Et leurs cris de plus pres nous somment de nous rendre.
Pour venger cet outrage & tant d'autres soufferts
Sous les armes alors, & non plus sous les fers,
D'vn salue de nos traits nous leur osons répondre ;
Combattans en retraite, eux sur nous viennent fondre,
Et d'abord nous font perdre à coups de jauelots,
De nos meilleurs soldats, & de nos matelots ;
La mer se souleuoit à l'aspect de leur rage ;
Ces cruels nous portoient la guerre auec l'orage ;
Déja le Ciel couuert d'vne sombre pâleur
Semble craindre de voir nostre nouueau malheur.
Vne nuit en plein jour, redoublement d'alarmes,
S'entr'ouure à cent éclairs de la foudre & des armes,

Le tonnerre & les flots, & nos cris font vn bruit
Qui femble aigrir encor le fort qui nous pourfuit;
Nous auons à combattre vne double tempefte,
Nous auons la bourafque & ces monftres en tefte;
Mais deux fiers elemens où nous fommes foûmis
Ne font pas dans ce choc nos pires ennemis;
L'orage empefche au moins qu'vn plus grãd mal n'éclate,
Et que les Brigantins ne joignent la Fregate.
Enfin vn rude coup de la vague & du fort
Fait qu'vn de ces Vaiffeaux accroche noftre bord;
Adolphe qui ne fonge à rien moins qu'à fa vie,
Sautant le fabre en main dans la Barque ennemie,
D'vn trait d'œil nous appelle à fa noble chaleur;
Ie fuis preft de le fuiure, ah! voicy mon malheur;
Au poinct que ie m'élance, vn coup de mer fepare
Le malheureux Vaiffeau de ce Vaiffeau barbare,
Où refte Adolphe feul parmy ces furieux,
Sans que nous le puifsions foûtenir que des yeux;
Ah! ie le voy combattre, & ie ne puis le fuiure,
Hors des coups ie fuccombe aux affauts qu'on luy liure.

EVGENIE.

Lâches ne pouuiez-vous mieux tenir fon party?

TRASILE.

I'espargne malgré moy ceux qui l'ont inuesty;
Nous retenons nos traits de peur de nous méprendre;
De peur de le frapper nous n'ofons le defendre;
Noftre vaine furie abandonne à la leur
Vn Chef qui ne veut plus d'appuy qu'en fa valeur;
Redoublée au péril, elle y prend des amorces,
Comme fi nos regards luy renuoyent nos forces;
Seul contr'eux il raffemble en vn coup mille efforts,
Dont il auoit fouuent fait trembler tous leurs ports.
Qu'on le prenne tout vif, cria le Capitaine;
A ce mot plus cruel que les coups de leur haine,
Adolphe le fçait joindre, & d'vn coup de Heros
D'abord luy fait voler la tefte dans les flots;
Puis fauté de la Barque en l'Efquif qu'elle traifne,
Il en tranche la corde & fa derniere chaifne;
Comme eux nous le fuiuons, lors qu'vn vent furieux
Enleue aux trois Vaiffeaux ce fuyard glorieux,
Et jette loin de nous ces affaillants infames
Malgré toute leur rage & l'effort de leurs rames;
Si bien qu'en cet orage vn fort trop inégal
Nous priuant d'vn grand bien, nous fauue d'vn grãd mal;

C

Nous pouſſons vers mon Maiſtre, & non vers la retraite;
Mais le vent nous repouſſe à la coſte de Crete,
Où nous errons flottans comme vn triſte débris
Pour demander aux flots le bien qu'ils nous ont pris;
Huit jours paſſez ſans faire aucune découuerte,
Rien n'a pû m'aſſeurer ſon ſalut ny ſa perte;
Mais n'en ayant rien ſceu, ie vous rèds compte au moins
De mon triſte voyage & de mes trrſtes ſoins.

EVGENIE.

Si tu n'apprens ſon ſort, c'eſt à moy qu'il s'explique.
Helas! s'eſt-il ſauué des monſtres de l'Affrique
Pour ſe donner en proye aux monſtres de la Mer?
Mon eſpoir apres luy retourne s'abyſmer.
Traſile deuois-tu reuenir ſans ton Maiſtre?

TRASILE.

Elle m'a fait rentrer, ie voulois diſparaiſtre;   Elle ſort.
Helas! i'ay ſon remede, & luy laiſſe ſon mal;
Mais ſi ſon mal eſt grand, ſon remede eſt fatal.

SCENE IV.

ADOLPHE, TRASILE.

TRASILE.

SEigneur, vous décoûurez un retour que ie cele.

ADOLPHE.

Ne t'enuoyois-je pas en porter la nouuelle?

TRASILE.

Vous sçaurez la raison qui me l'a fait celer.

ADOLPHE.

As-tu reueu Leon? puis-je le consoler?
A-il toûjours la mort d'Eugenie en son ame?
Jl l'aimoit bien pour fille autant que moy pour femme;
Helas! ces lieux n'ont plus l'agrément qu'ils ont eu
De la mesme beauté, de la mesme vertu,
Le trépas a mis fin à leur grace infinie.

TRASILE.

Je viens de la reuoir.

ADOLPHE.

le parle d'Eugenie.

C ij

TRASILE.

Ie vous parle auſſi d'elle.

ADOLPHE.

Et tu reſves auſſy,
Elle eſt morte.

TRASILE.

Auec vous ie l'ay crû juſqu'icy.
Quand pour voſtre rachapt ie partis d'aupres d'elle,
Sa langueur eſtoit grande, & depuis parut telle,
Qu'on m'écriuit pour vray ſon trépas apparent;
Le bruit en fut public, & me fut vn garent
Pour vous en apporter la nouuelle en Affrique,
Trompé comme pluſieurs d'vn ſommeil lerargique
Où l'enſeueliſſoit la douleur de vos maux.

ADOLPHE.

Quoy? ſa mort eſtoit fauſſe?

TRASILE.

On la pleuroit à faux;
Elle vit & vous plaint.

ADOLPHE.

Ah! ma chere Eugenie
Je regrettois ta mort, dois-je craindre ta vie?

Reuis-tu pour me nuire ou te plaindre de moy?
Reuiens-je pour te dire vn autre tient ma foy?
T'oferay-je reuoir?

TRASILE.

Ie luy tenois fecrette
Icy voftre arriuée & voftre abord en Crete;
Pour ne pas l'étonner de me reuoir fans vous,
J'ay celé que la Mer vous pouffa jufqu'à nous;
J'ay celé qu'en ces lieux vous amenez d'Affrique
Celle qui vous fauua d'vn eftat fi tragique,
Qu'elle embraffa la Foy pour vous donner la main
Deuant le grand Pontife & le Siege Romain.

ADOLPHE.

Ce qui fut mon bonheur va donc eftre ma peine,
Du viuant d'Eugenie eftre l'Effoux d'Jrene;
Helas! ie les abufe apres eftre abufé,
Et de l'abus des trois feray feul accufé.
Qui pourra m'excufer dans cette erreur extreme
Où ma fidelité m'eft fufpecte à moy-mefme?
Mais dequoy juftement puis-je eftre foupçonné?
D'auoir efté credule & d'eftre infortuné:
Ie me plaignis au Ciel, j'accufay la Fortune

De m'ofter vne femme, & i'en trouue trop d'vne ;
Chacun Hymen à part pouuoit me rendre heureux,
Et ces deux biens vnis font vn nœud rigoureux ;
Mon bonheur fe détruit quand mon bien fe redouble ;
Rends moy mes premiers maux Ciel & m'ofte ce trouble
Perdre vne femme alors ne m'eftoit qu'vn malheur,
Mais pour en auoir d'eux i'ay plus d'vne douleur,
Puis que mary fufpect d'Eugenie & d'Irene
Pour prix d'vn double amour i'auray leur double haine ;
Ou fi i'en fuis aimé, ie les crains & les voy
Dans vn difcord fatal pour elles & pour moy ;
Ie me perds dans leur haine ou leur amour commune
Et pour en aimer deux ie n'en merite aucune.
Obligé de deux parts n'auray-je qu'vn amour,
Si le moins cher des deux m'eft plus cher que le iour ?
Mais lequel me l'eft moins, & lequel me doit l'eftre ?
Ie n'en puis perdre aucun que l'honneur n'ait fait naiftre.

TRASILE.

Leon n'eft pas ceans, s'il va chez vous d'abord
Au bruit de ce retour diuulgué dans Erford,
Ie croy qu'il fçaura tout de vos gens ou d'Irene,
Et que ie cele en vain ce qu'il faut qu'il apprenne.

❧❧❧❧❧❧:❧❧❧❧❧❧

SCENE V.

ADOLPHE, TRASILE, LEON, IRENE.

IRENE à LEON.   *Elle demeure derriere.*

LE voila, ie viens voir comme il s'en defendra;
S'il ose le-nier, voicy qui répondra.

LEON.

Où venez-vous Adolphe, & qui vous fait pretendre
Encor icy les droicts d'vn Espoux & d'vn Gendre?
Ie ne doy plus ces noms à noftre deferteur;
De voftre mauuais bruit eftes-vous le porteur?
Vous dites vous mary d'vne Mahometane?
Son crime le confond, fon remords le condamne.   *A part.*

ADOLPHE.

Quel accueil pour vn Pere? & dequoy m'accufer
D'vne Mahometane? ô Ciel! moy l'époufer?

LEON.

C'eft vne vifion, & nous l'auons refvée;
On fçait pourtant ce bruit mieux que voftre arriuée;

Ie vous cherchois chez vous, on m'en vient d'informer
Et vostre illustre Epouse ose le confirmer?

ADOLPHE.

Si i'ay du seul penser commis vn si noire crime,
Que le Ciel me foudroye, & que l'Enfer m'abisme.

IRENE à part.

Plûtost que m'auoüer, le traistre s'y resout.

LEON.

Et si ie vous conuains?

ADOLPHE.

Ie me soûmets à tout.

LEON.

Voulez-vous s'il auient qu'elle vous le soûtienne,
Que ma main l'en punisse?

ADOLPHE.

Employez-y la mienne.

IRENE paroissant.

La tienne fera mieux ce coup digne de toy;
I'ay merité la mort d'auoir receu ta foy.
Lasche que n'as-tu fait ce coup sans nous le dire?
Ce crime pouuoit bien t'en épargner vn pire;
Le pire est de nier que tu sois mon Espoux.

ADOLPHE.

Quoy? Madame ay-je fait ce defaueu pour vous?
Leon m'auoit parlé d'vne Mahometane,
Voyez, si vos sermens souffrent ce nom profane;
Vous ne m'auez acquis qu'abjurant voſtre erreur,
Noſtre amour se forma d'vne si belle horreur;
Je ne fus point épris d'vne vertu Payenne,
Mais d'vne autre plus haute & digne de la mienne,
Et vous oſtay par elle vn nom pernicieux,
Pour ne vous épouſer qu'heritiere des Cieux.

IRENE.

Vous luy parlez en Gendre, & luy vous parle en Pere.

ADOLPHE faiſant ſigne à Leon, dit à Irene.

Ce fut vne alliance entre nous preſte à faire.

TRASILE à Leon le tirant à part.

Deuant vous il l'épargne, & n'oſe l'éclaircir;
C'eſt vn coup qu'en ſecret il luy veut adoucir.

ADOLPHE emmenant Irene.

Mais quels ſoins prenez-vous laſſe d'vn long voyage?
Dans peu ie vous rejoins.   A Leon.

TRASILE à Leon.

Auant qu'il s'en dégage

D

Croyez qu'il est tout vostre, & n'ayez point d'horreur
De voir qu'il l'épousa par vne triste erreur;
Il faut bien qu'il la quitte & qu'il vous satisface,
Mais donnez luy moyen d'en sortir auec grace;
De ce rapport Seigneur n'allez point affliger
Celle que ses ennuis ont trop mise en danger.

LEON.

Dy luy, s'il souffre vn feu qui le noircit de blâme,
Qu'il change de pays comme il change de femme;
Ou qu'il m'éprouuera par de trop justes coups
Aussi changé pour luy qu'il est changé pour nous.

ACTE II.
SCENE I.

EVGENIE, SOPHRONIE.
EVGENIE.

A Dolphe vient icy fans fe monftrer à moy !
Seroit-il reuenu fans memoire ou fans foy ?
Ah ! fon retour m'afflige autant que fon abfence ;
Si tu ne viens pour moy, fi ton retour m'offence,
Infidelle, retourne en ta captiuité.

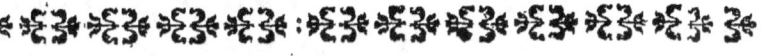

SCENE II.

EVGENIE, SOPHRONIE, ADOLPHE, TRASILE.
ADOLPHE.

T Rafile elle a tout fceu de fon pere irrité.
EVGENIE à Sophronie.
Je hay fon procedé plus que fon efclauage.

D ij

ADOLPHE à Trafile.

Elle n'ignore plus ce fatal mariage.

EVGENIE.

Que vois-je ? eſt-ce luy-meſme ? ah! Sophronie, ô Cieux.
Voy-je Adolphe ? le voy-je ou de l'ame ou des yeux ?
I'ay ſupporté mon deüil, ie ſuccombe à ma joye.

ADOLPHE.

Eſt-ce pour la pleurer qu'il faut que ie la voye ?

EVGENIE.

Vous eſtes immobile Adolphe, ie voy bien
Que voſtre doux tranſport veut imiter le mien;
Eſt-ce vous que mes pleurs....

SOPHRONIE.

Sa ſurpriſe eſt trop forte.

ADOLPHE.

Eugenie eſt-çe vous que ie pleurois pour morte ?

EVGENIE.

Tu peux bien me connoiſtre à ce teint effacé
Par ma ſubite joye & mon ennuy paſſé;
Tu pleurois à bon droiſt le trépas d'Eugenie,
Si ton ame auec toy s'eſt ſi long-temps bannie;

Loin de toy ie n'auois des yeux que pour pleurer ;
S'il me reſtoit vn cœur c'eſtoit pour ſoûpirer ;
Il ſembloit me quitter pour te ſuiure en tes chaiſnes ;
Rien ne viuoit en moy que l'horreur de tes peines ;
Et ſi dans cette abſence aucun iour me fut doux,
C'eſt quand ie crûs mourir pour rejoindre vn Eſpoux.
Depuis ie n'ay veſcu que pour plaindre ta perte ;
Cette erreur me perdoit, & tu l'as bien ſoufferte ;
Ton ſoin qui dût franchir les Priſons & les Mers,
Pour te dépeindre à moy triomphant dans tes fers.
M'a-il pû negliger juſqu'à me laiſſer croire
Que tu ne viuois plus qu'en ma triſte memoire ?
Que ta mort permettoit à mes longuës douleurs
De ſouffrir qu'en ta place on eſſuyaſt mes pleurs ?
Me deuois-tu laiſſer dans l'injuſte creance
Qu'vn autre à ton defaut peuſt m'aimer ſans offence ?
Qu'il peuſt meſme occuper ton rang ſans l'enuahir ?
Et que ie peuſſe enfin l'aimer ſans te trahir ?
Pourtant vn autre amour ne m'auroit pû ſurprendre,
Mais l'ennuy de mon Pere auoit beſoin d'vn Gendre.

ADOLPHE à Traſile.

M'auroit-elle imité dans ma funeſte erreur ?

EVGENIE à Sophronie.

La feinte feulement l'en fait fremir d'horreur,
Mais l'œil dont ie le voy dément bien ma parole,
Ne m'en accufe point Adolphe, & te confole;
Ie ne t'offençay point de prendre vn autre Efpoux;
Tu caufas mon erreur, pardonne & te refous.

ADOLPHE à Trafile.

Ciel à quoy me refoudre !

EVGENIE.

Ah! foupçonneux credule !
Que tu reconnois mal le beau feu dont ie brûle !
Ie n'ay que toy d'Efpoux en la vie, en la mort;
Tu m'accufois bien-toft.

ADOLPHE.

Ie l'euffe fait à tort.
Quand l'erreur de ma perte & de voftre veuuage
Eut rappellé l'Hymen au plus beau de voftre âge,
Qui vous eut reproché ce jufte allegement ?
Falloit-il pour vn mort mourir inceffamment ?
Abifmer vos beaux jours dans la douleur profonde
C'eftoit enfeuelir vn ornement du monde ?
Dans vn corps fi parfait vn cœur fi genereux

N'eut-il iamais vefcu que pour vn malheureux ?
Vne feconde amour eft quelquefois permife ;
Ce n'eft pas vn deuoir que le deüil d'Artemife ;
Bref ie vous auourois dans ce change de foy
Que vous pourriez auſſi ne blâmer pas en moy.

EVGENIE.

En vous, c'eft fuppofer vne chofe impoſſible ;
Quel objet apres moy vous eut rendu fenfible ?
Nous fommes l'vn pour l'autre, & ce nœud mutuel
Rompt pour nous reünir les coups d'vn fort cruel ;
Le Ciel m'auoit déja predit cette victoire,
Mais c'eftoit par vn fonge à qui ie n'ofay croire ;
Et mes yeux plus enclins aux larmes qu'au fommeil
Retrouuerent bien-toft ma trifteffe au refveil ;
Je vous vis en eftat digne d'vne Couronne
Combattre vn fier Lyon fuiuy d'vne Lyonne ;
Autant qu'il s'irritoit de fe voir combattu,
Elle s'adouciffoit de voir tant de vertu ;
Mais enfin feparés par vne nuit fort noire
Vous priftes la Lyonne en figne de victoire ;
Elle aimoit à vous fuiure, & vous à l'accueillir,
Mais mon abord l'aigrit iufqu'à nous affaillir ;

Et vous pour me combler d'ennuis au lieu de ioye
Vous sembliez me laisser en butte à vostre proye.

SCENE III

ADOLPHE, EVGENIE, SOPHRONIE
TRASILE, IRENE.

TRASILE apperceuant Irène pour l'empescher d'entrer.

Voicy l'effet du songe.

ADOLPHE allant au deuant d'Irene.

Ah! i'allois vous trouuer
Pour vn nouueau succés qui nous vient d'arriuer;
Mais parlons-en ailleurs, souffrez qu'il vous ramene;
Ie vous suiuray de pres.

Parlant de Trasile

IRENE.

N'en prenez point la peine,
Ie puis bien vous attendre.

ADOLPHE.

Au nom de nostre foy
N'en parlons point icy. Ie vous diré pourquoy

Madame vous voyez vne sage étrangere
Qui fuit pour nostre Loy les grandeurs de son Pere,
Et qui de son captif chargé de ses liens
M'a fait son heureux guide au regne des Chrestiens;
C'est elle à qui ie doy la franchise & la vie.

Il pre-
sente
Irene à
Eugenie

EVGENIE à Irene.

Quoy que vous luy rendiez l'vne & l'autre asseruie,
Ie vous doy plus Madame, & sur tout ie chery
La main qui me rend tout au salut d'vn mary.

IRENE.

Que dites-vous Madame? Adolphe que dit-elle?

EVGENIE.

Ie dy ce qu'à vous deux peut répondre mon zele;
Qui vous étonne ainsi Madame? Adolphe hé quoy
Pour la remercier la mets-je en cet effroy?

IRENE.

Quel mary dites-vous?

EVGENIE.

    Ie dy le mien, luy-mesme
Qui dit tenir de vous cette faueur extréme.

IRENE.

Il est vostre mary! luy qui s'est fait le mien!

E

EVGENIE.

Luy le voſtre Madame!

IRENE.

Il l'eſt, s'il eſt Chreſtien.

EVGENIE.

Il eſt voſtre mary! vous a-il épouſée ?

IRENE.

I'en ay mille témoins, la preuue en eſt aiſée.

EVGENIE.

Adolphe répondez? oſtez-moy de ſoucy.

IRENE.

Oſtez-moy de ce trouble.

ADOLPHE.

Oſtez-m'en donc auſſy.

IRENE.

Pour qui donc me tiens-tu ? ne ſuis-je pas ta femme ?
N'es-tu pas mon Eſpoux ?

ADOLPHE.

En doutez-vous Madame.

EVGENIE.

Que m'es-tu donc à moy ? n'es-tu plus mon Eſpoux ?
Ne ſuis-je plus ta femme ?

ADOLPHE.

Helas! en doutez-vous.

IRENE.

Dans cette loy si pure où ta vertu m'anime,
Vn double mariage est-ce vn nœud legitime ?

EVGENIE.

Quoy ? cet enorme abus, ce crime où ie te voy,
Est-ce vn fruit des combats que tu fis pour la Foy?
Est-ce vn prix des soupirs que ton amour me couste
Traistre ? car ton aueu vient d'éclaircir mon doute.
Ay-je eu pour ton absence vn regret si cuisant
Pour pleurer ton retour & te perdre present ?
T'ay-je tant souhaitté pour voir vn infidelle
Qui pour la conuertir s'est peruerty pres d'elle ?
Vn mary d'Affricaine, vn cœur Egyptien,
Et voir tout mon desastre où i'ay veu tout mon bien ?
Qu'attens-tu maintenant que tu ne renouuelles
Auec mon nouueau deüil tes nopces criminelles ?
Tu m'outrageois trop peu de ton change odieux,
Et tu viens en porter l'horreur jusqu'à mes yeux,
Nous amener ton crime afin qu'il te signale,
Et me percer le cœur aux yeux de ma riualle.

E ij

ADOLPHE à Irene.

Defendez-moy Madame, alleguez mes raisons.

IRENE.

Tes raisons; nomme mieux tes noires trahisons.
Quoy donc? ta perfidie est assez insensée
Pour chercher ton excuse en la plus offensée?
C'est moy qui te condamne, & ie te defendrois
Quand ta peine deuient le plus beau de mes droits,
Quand tu m'as fait errer fugitiue étrangere,
Bannie' & de mon rang & du Prince mon Pere,
Pour m'épouser dans Rome, ou plûtost m'affronter
De ta foy qu'à tes yeux on m'ose contester,
Quand pour recompenser mes pertes & ma fuitte,
Tant de perils de mort passez sous ta conduite,
Je rencontre chez toy pour ma reception
Ma riualle, ta fraude, & ta confusion;
Tu m'ordonnes encor pour comble de malice
Le soin de te defendre & d'estre ta complice;
M'obligeras-tu point de m'accuser pour toy
D'vn crime qui t'est doux quand la peine est pour moy?

ADOLPHE.

Madame en faut-il tant pour perdre vn miserable?

Si mon malheur me rend enuers vous deux coupable,
Ie souffre en son reproche vn trop dur châtiment
Sans que vostre inuectiue acheue ce tourment;
Suspect en vn seul poinct ie sens-doubler ma peine,
Accusé d'Eugenie & condamné d'Irene,
Me croyez-vous vn cœur à soûtenir les coups
De vos deux déplaisirs & de vos deux couroux?
Combien de châtimens pour l'ombre d'vn seul crime?
Examinez en moy ce qui plus vous anime.
Madame, quoy qu'alors l'erreur de vostre mort   A Eugenie.
Peust m'excuser vers vous d'auoir changé de sort,
Ie m'y resolus moins pour posseder Irene,
Que pour la dérober au sort d'vne Payenne;
Ainsi ie l'aimay plus pour elle que pour moy,
Et mon cœur se rendit pour la rendre à la Foy;
Si des pensers d'Espoux me reuenoient dans l'ame,
Lors ie les renuoyois à ma premiere femme;
Si l'autre m'engageoit d'vn obligeant accueil,
Pour elle i'empruntois les soûpirs de mon deüil,
Et flattois la viuante en ma tristesse accorte
Des transports qui souuent s'adressoient à la morte;
Le merite d'Irene auec tous ses biens-faits

N'euſt pû gagner les vœux que ie vous auois faits,
Si pour ſoûmettre au Ciel ce genereux courage
I'euſſe eu des nœuds plus forts que ceux du mariage ;
Auſſi la pureté de mon affection
Ne voulut pour ſon dot que ſa conuerſion ;
Moy qui vous crûs aux Cieux vous demandois en grace
De ne luy plaindre pas en terre voſtre place,
Puis qu'elle abandonnoit le rang de ſes ayeux
Pour ſuiure voſtre exëple & pour vous joindre aus Cieux.
Vous qui me condamnât vous faites méconneſtre   A Irene.
Qui m'oſtez vos biens-faits quäd vous me croyez traiſtre ;
Eſtois-je criminel de vous donner la main
Pour guider voſtre vie en vn meilleur chemin ?
Et vous tiens-je en exil quand de vos bords funeſtes
Ie vous mene en des lieux pleins des faueurs celeſtes ;
Irene vous rauir pour vous conduire au port,
Eugenie auoir creu ma perte & voſtre mort,
M'eſtre laiſſé tromper d'vne tendreſſe extréme ;
Qui fait croire aiſément de perdre ce qu'on aime.
Trop de larmes pour vous, & pour vous trop de vœux.
Voila ce qui me rend coupable enuers vous deux ;
Mais ſi la raiſon calme vn courroux qui m'accable,

Vous plaindrez plus que vous ce malheureux coupable.

EVGENIE.

Voulez-vous estre absous, rentrez dans le deuoir.

IRENE.

Voulez-vous m'appaiser, rendez-moy mon espoir.

EVGENIE.

Pensez à reparer vne si grande faute,
Et rendez à nos loix l'honneur qu'elle leur oste.

IRENE.

Pensez à me tenir vn serment solennel,
Et fuyez vn remords qui vous rend criminel.

EVGENIE.

Sa legitime femme est celle qu'il retreuue,
En moy qui luy rendois les deuoirs d'vne veuue.

IRENE.

Sa veritable femme est en moy qui luy rens
Ses biens qui m'ont cousté mes droicts & mes parens.

EVGENIE.

Ne luy reprochez point vostre aide apres la sienne;
Si vous l'auez fait libre, il vous a fait Chrestienne;
Au nom de nostre amour, s'il peut reuiure en toy,
Rentre en toy-mesme enfin pour reuenir à moy.

IRENE.

Au nom du mien si ferme en cette rude épreuue,
Que mon Espoux viuant ne me laisse pas veuue.

EVGENIE.

Par ce fruit qui nâquit de ta juste moitié,
Ta fille qui perdroit ce nom sans ta mpitié,
Qu'on l'appelle à mon aide, & qu'elle émeuue vn pere
Ou du moins qu'elle assiste à la mort de sa mere.

IRENE.

Par tes amis sauuez de vos communs malheurs,
Appellez les Trafile au secours de mes pleurs;
Qu'ils prennent le party de leur liberatrice,
Ou qu'ils plaignent ta mort, s'il faut qu'elle perisse.

EVGENIE.

Cher Adolphe!

ADOLPHE.

Eugenie!

IRENE.

Adolphe!

ADOLPHE.

Irene! ô Cieux!
Pour deux respects si doux combat trop furieux!

O trop aimable Irene ! ô trop chere Eugenie !
A qui de vous faut-il que i'accorde ou dénie ?
Ie ne puis pour vous deux ny doubler ny changer;
C'est blesser deux amours que de s'y partager;
La moitié de ma flâme est trop peu pour chacune ;
Ma foy pour toutes deux n'est vertu pour aucune ;
I'ay trop d'vne de vous, ou i'ay trop peu d'vn cœur,
Trop d'vne amour en vous me tient lieu de rigueur;
Comme l'excés m'en plaist, le nombre m'en tourmente;
Helas ! qu'vne de vous n'est-elle moins constante,
Ie bornerois à l'autre vn malheureux desir,
Qui n'en doit prendre qu'vne, & ne la peut choisir;
Ie ne puis estre à deux sans me couurir de blâme,
Et pour en quitter vne il faut m'arracher l'ame.
En vain ie m'en defens, vn rigoureux deuoir
Me vient frapper les yeux quand ie n'ose la voir,
Il me veut marquer celle à qui ie me dois rendre,
Mais si vous l'ignorez, ie ne puis vous l'apprendre,
Et ce discernement qui n'est que dans la Loy,
N'est point dans mon amour qui parle seul en moy;
Je ne l'en puis dédire, & suis encor tout vostre,
L'honneur m'engage à l'vne, & les bien-faits à l'autre;

E

L'vne jusqu'à la mort a droict de m'arrester;
Je perirois pour l'autre afin de m'acquitter;
Je mourrois pour vous deux, & ne vis que pour vne,
Encor la méconnois-je en nostre ardeur commune;
Vous confondez mes sens par vn merite égal,
A vous considerer ie vous discerne mal.
A qui de vous dois-je estre? est-ce à la plus fidelle?
Est-ce à la plus aimable? hé que ne répond-elle;
Laquelle a de vous deux plus de grace & de foy;
Quãd ie vous voy c'est vous, c'est vous quãd ie vous vo.

EVGENIE.

Quoy? comparer ta femme auec vne étrangere?
Perfide songe bien à ce que tu vas faire;
Si tu la vois encor, fay gloire & l'entretien
Du trépas de ta fille aussi tost que du mien;
Ie veux si tu me pers que ma perte la tuë
Et la priue du jour pour l'oster à ta veuë;
Pour luy faire sentir ta haine & mes douleurs,
Ie ne la veux nourrir que de fiel & de pleurs,
L'embrasser en mourant afin qu'elle me suiue,
Et jusqu'en mon tombeau l'entraisner morte ou viue.

L'exemple le plus beau qu'à prefent ie luy doy,
C'eft de mourir d'horreur d'vn tel Pere que toy,
Et dire en expirant pour ta honte eternelle
Que tu ne fus iamais digne de moy ny d'elle ;
Te defaire de moy traiftre c'eft t'obliger ,
Mais d'elle , c'eft ton fang , la perdre eft me venger;
Pour gage à noftre amour i'éleuois fon enfance ,
Ie la referue icy pour gage à ma vengeance.

ADOLPHE.

L'Egypte me liuroit de moins rudes combats.
Ceffez...

IRENE.

Quoy tu la crains, & tu ne me crains pas;
En faueur d'vn enfant lâche tu luy deferes ,
Et ne m'épargnes pas en faueur de tes freres ?
Ie n'ay pas auec toy fauué tous nos captifs ,
Ma fureur peut encor égaler fes motifs ;
I'ay là fur qui punir plus d'vne fois vn traiftre;
I'ay là fur qui venger & mon Pere & ton Maiftre;
Il eft encor les deux, puis qu'il peut te punir ,
Pour l'aigrir contre toy ie cours nous reünir;
Pour le mieux feconder, ie veux eftre cruelle ;
Et pour te l'eftre autant que tu m'es infidelle ,

F ij

L'ombre de tes pareils sujets à ma fureur
Meslera vos amours de remords & d'horreur;
Ie veux pour toy perfide en gesner plus de mille,
Et leur sang te suiura jusques dans ton azile.
Mais te peux-tu piquer d'vn regret genereux?
Tu n'as pas la vertu de me craindre pour eux,
Et trahir son Espouse est d'vne ame trop basse
Pour plaindre tes amis que pour toy ie menace;
Tu ne crains plus aussi de me voir renoncer
La foy que ton salut m'obligea d'embrasser;
Tu ne crains plus pour moy l'erreur & le blaspheme,
Ils me vengeroient moins sur toy que sur moy-mesme.
Mais apres mes bien-faits crains leur juste reuers,
Ie ne pers pas le cœur alors que ie te pers;
Si tu m'as fait quitter les droicts de ma naissance,
I'ay dequoy sans tes biens acheter ma vengeance;
Tout ce que i'enleuay pour toy de precieux,
Il est encor à moy pour en disposer mieux,
Pour enrichir la main qui doit t'estre fatale,
Et te faire encor pis que n'a dit ma riuale,
Porter le feu, le meurtre, & les poisons chez toy,
Et te payer ainsi la dot que ie te doy.

Adieu, ie t'enuoiray bien-toſt de mes nouuelles.

ADOLPHE.

L'amour peut-il former dés haines ſi cruelles!
Où fuyez-vous Irene?

Elle ſort,
il la ſuit.

EVGENIE.

    Ah! traiſtre tu la ſuis.

※❀❀❀❀❀:❀:❀❀❀❀❀❀❀❀

SCENE IV.

EVGENIE, ALBERT, SOPHRONIE.

ALBERT arreſtant Eugenie.

OV courez-vous Madame?

EVGENIE.

     Autre ſujet d'ennuis.
M'arreſter de la ſorte!

ALBERT.

    Un moment de viſite
Me faït-il mal-traitter pour celuy qui vous quitte?
Au moins vous ſuis-je vtile à receuoir les coups
Que vous n'oſez porter ſur vn ingrat Eſpoux
Qui vous fuit pour vne autre, & perd l'honeur pour elle.

EVGENIE.

Venez-vous infulter à ma douleur nouuelle?

ALBERT.

Ie vous offre plûtoſt mon feruice au befoin,
Acceptez-le Madame, il preuient voſtre foin;
N'épargnez point en moy force, adreſſe, ou puiſſance;
Et que voſtre aueu feul en foit la recompenfe.

EVGENIE

Mes maux vous touchent-ils? voulez-vous m'obliger
Oſtez à mon ingrat ce qui l'a pû changer;
Pour luy rendre l'honneur & me rendre contente,
Enleuez de fes yeux cette peſte charmante;
Enleuez-là Seigneur, mais épargnez fes jours;
Je ne receurois pas vn crime à mon fecours.

ALBERT   s'en allant.

Je n'en commettray point à feruir voſtre enuie;
Si vous n'ordonnez mieux, vous ferez mal feruie.   A part

EVGENIE.

Que fay-je? à quel malheur voy-je mon fort foûmis
D'employer à mon aide vn de mes ennemis?
Cours viſte, cours à luy retirer ma parole.

SOPHRONIE.

Sa promesse rendroit ce desaueu friuole.

EVGENIE.

Quand vn si cher mary me trahit à mes yeux,
J'accepte à mon secours vn Amant odieux,
Luy que ie hay m'oblige, & mon aueu le flatte,
Ou le desauoüant ie passe pour ingrate ;
Ou s'il m'ose manquer, la barbare aujourd'huy
M'enleue mon perfide, & m'affronte auec luy ;
Et quoy que fasse Albert, qu'il me serue ou m'abuse,
Par tout ie suis à plaindre, & suis par tout confuse.

SCENE V.

LEON, EVGENIE, SOPHRONIE.

LEON.

Vel reuers Eugenie, & quel nouueau malheur ?

SOPHRONIE.

Son silence vous parle assez de sa douleur.

LEON.

Au retour d'vn mary ton deüil se renouuelle ?

SOPHRONIE.

Il n'eſt plus ce qu'il fut, ce n'eſt qu'vn infidelle.

LEON.

La honte en eſt pour luy ſi l'on l'exhorte en vain,
L'honneur du vertueux eſt toûjours dans ſa main;
Et s'il faut par le fer expier ce diuorce,
Les grands cœurs à mon âge ont encor trop de force.

EVGENIE.

Quoy contre vn allié?

LEON.

Contre vn homme odieux,
Et qui le veut bien eſtre à qui l'aimoit le mieux.

EVGENIE.

Vous croyez donc Seigneur ce que dit Sophronie,
Mais elle n'a rien dit que ie ne vous dénie;
Son ſoupçon mal fondé vous fait ce faux rapport,
Ie connoy mieux Adolphe, & vous nous faites tort.

LEON.

Tu geſnes ta douleur d'vne groſſiere feinte;
Quoy l'appuy que ie t'offre eſt l'objet de ta crainte?
Apprens toute l'injure, & voy ſi tu plaindras
Pour en tirer raiſon, ny ſon ſang, ny mon bras.

Il dit qu'il te hait plus qu'il n'aime l'Affricaine,
Que tu mis ton delice à meriter sa haine,
Que libre en son absence.... ah! ie n'ose y penser,
Et ne le puis redire à moins que t'offencer;
Il dit qu'il fuit sa honte en fuyant Eugenie.

EVGENIE.

Et vous auez souffert sa noire calomnie?

LEON.

Ton amour eut gemy d'vn si prompt chastiment,
Maintenant entres-tu dans mon ressentiment?
Plains-tu le sang d'vn traistre à ta juste colere?

EVGENIE.

Non, quand il en deuroit couster le sang d'vn pere.　Elle sort.

LEON.

Tu veux sauuer ta gloire au peril de mes jours.
Va tu sçais comme il faut meriter mon secours.
I'ay par ce faux rapport dissipé sa tendresse　A Sophronie.
Pour perdre de son gré l'ingrat qui la delaisse.

SOPHRONIE.

Quoy le rendre Seigneur plus coupable qu'il n'est?
Loin de la soulager, sa douleur s'en accrest;
Je veux la détromper qu'il ait mal parlé d'elle;

G

Son changement parest moins dur que vostre zele;
Vous la desesperez, la voulant secourir.

LEON.

Et ie veux la venger, en deust-elle mourir.

SOPHRONIE.

Perdre vn Espoux changeant n'est pas tant de misere,
Que de voir le combat d'vn Espoux & d'vn Pere.

Fin du second Acte.

ACTE III
SCENE I.

ALBERT, SOPHRONIE.

SOPHRONIE à part. Il entre d'vn coſté,
& elle de l'autre.

MADAME receura d'vn fort mauuais viſage
Celuy d'Albert qui porte vn plus mauuais preſage,
Et ce n'eſt pas de luy que i'attens ſon bonheur.

ALBERT.

Peut-on voir Eugenie ?

SOPHRONIE.

Auec peine Seigneur.
Luy puis-je en voſtre nom porter quelque nouuelle ?

ALBERT.

Ce que ie luy diray doit n'eſtre ſceu que d'elle.

SOPHRONIE.

Elle confiroit bien ce ſecret à ma foy.

G ij

ALBERT.

Elle vous le dira l'ayant appris de moy.

SOPHRONIE.

Ce luy seroit faueur, mais elle est peu visible.

ALBERT.

Son ordre nous rend-il son abord impossible?

SOPHRONIE.

Non pas à vous Seigneur, mais ie vay le sçauoir.

ALBERT.

Vostre discretion passe vostre deuoir.
Ie ne luy diray rien que ce qu'elle desire.

SOPHRONIE.

Il me trompe s'il a rien de bon à luy dire.

ALBERT seul.

Craint-elle donc ma veuë? acceptant mon appuy
Ma faueur est suiuie, & mon amour est fuy;
Quoy qu'elle ait pris mon aide elle m'en desauoüe,
Mais comme elle me trompe vn cruel sort me iouë;
Quand la perte d'Adolphe a semblé me flatter,
Il retourne prés d'elle, & me vient supplanter;
Mais lors que son retour bannit mon esperance,
Il m'amene aussi-tost vn espoir de vengeance;

Il amene vn objet qui les trouble d'abord,
Et flatte mon dépit de leur nouueau discord;
Eugenie à l'instant pour me donner le change
Veut bannir leur diuorce & celle qui me vange;
Pour bannir ma vengeance elle se sert de moy,
Et sa haine a daigné m'honorer d'vn employ;
Mais ie sers mon amour, non sa haine fatale,
Et i'oste mon riual, & non pas sa riuale.

SCENE II.

ALBERT, EVGENIE, ~~SOPHRONIE~~.

EVGENIE à part.

Puissay-je en vain pretédre & luy, promettre en vain,
I'aime mieux mõ malheur qu'vn secours de sa main.

ALBERT à part.

Auec combien d'effort sa noire humeur se dompte!
Souffrez vn importun qui vient vous rendre compte;
Madame sans tarder i'ay conduit sourdement
Six des miens à cheual pour cet enleuement;

Suiuy d'eux i'ay gagné ce logis hors la ville
Où vos deux ennemis ont choisy leur azile.

EVGENIE.

Acheuez tost Seigneur, auez-vous reüßy?

ALBERT.

Escoutez-moy Madame.

EVGENIE.

Ostez-moy de soucy.

L'auez-vous enleuée?

ALBERT.

Au soucy qui vous presse
Ie ne vous puis compter ni les soins ni l'adresse
Dont ie la détournois de son perfide appuy;
Pour l'enleuer sans bruit, & sans nous prendre à luy
Elle est presque en nos mains lors que nostre aduersaire
Ayant suiuy des yeux celle qu'il vous prefere,
S'arme pour luy seruir d'un injuste support
Contre moy qui vous sers dans un si juste effort;
Il s'attaque à moy seul comme au seul qui l'offence,
Comme seul qui me rens chef de vostre vengeance;
Il me presse, me porte & redouble ses coups
Lors que i'épargne en luy l'ombre de vostre Espoux.

Là si ie n'eusse esté seruir vostre colere,
I'eusse bien pris mon temps pour mourir & vous plaire;
Mais de vostre perfide en faire mon vainqueur,
Ma defaite eut trahy vostre cause & mon cœur;
Ainsi vostre interest plustost que ma defense
M'a soustenu le bras contre sa violence,
Luy-mesme il m'a contraint.

EVGENIE.

Helas! qu'auez-vous fait?

ALBERT.

Par force i'ay passé vostre ordre & mon souhait.

EVGENIE.

Ah! vous l'auez tué.

ALBERT.

I'ay defendu ma vie.

EVGENIE.

Cruel, expliquez-vous?

ALBERT.

Ie vous ay trop seruie.

EVGENIE.

Crois-tu donc me seruir par la mort d'vn mary?
Tu m'opprimes d'vn bras qui m'offroit vn abry;

Deuant tu l'attaquois d'vne imposture noire,
Tu commençois son meurtre en soüillant sa memoire,
Tu l'égorgeois dés lors en ton cœur assassin,
Et ta main sanguinaire a marqué ton dessein;
Puis tu viens à sa femme en porter la nouuelle;
Tu viens encor vn coup le massacrer en elle.
Va tout soüillé d'vn sang qui demande le tien,
Deshonorer le Trône où tu prens ton soûtien,
Corromps-y l'Empereur jusqu'à te faire absoudre;
Et dans ses bras pense estre au dessus de la foudre;
Mais parmy l'insolence & l'injuste support
Crains les pleurs de la veuue auprés le sang du mort;
Si l'injustice humaine en ta faueur preside,
Crains ce bras assez fort contre vn lâche homicide.

ALBERT.

A quoy bon ces transports que vous jettez au vent?
Ay-je dit qu'il soit mort alors qu'il est viuant?
Sur vn discours douteux ie suis bien-tost coupable.

EVGENIE.

Adolphe n'est point mort, en estes-vous croyable?

ALBERT.

Si peu me croire au bien, si-tost me croire au mal,

C'eſt par tout m'offencer d'vn ſoupçon trop égal;
J'ay voulu voir Madame, & l'ay veu pour ma peine.
A quel excés pour moy peut aller voſtre haine ?
Et ſi voſtre injuſtice iroit à me rauir
Le pardon d'vn malheur cauſé pour vous ſeruir ?

EVGENIE.

Ne vouliez-vous point voir par ce noble artifice
Si i'agrerois vn crime en guiſe de ſeruice ?
Et voir ſi ie prendrois cette mort lâchement
Pour en tenter apres le coup plus hardiment ?

ALBERT.

Qu'vne mauuaiſe humeur eſt mauuaiſe interprete !
La peur de cette mort eſt tout ce qui m'arreſte ;
Pour auoir l'Eſtrangere & la mettre en lieu ſeur,
Il nous falloit forcer ſon braue defenſeur;
Mais ie prendray mon temps, où ſans la violence...

EVGENIE.

L'honneur de voſtre rang d'vn tel ſoin vous diſpenſe.

ALBERT.

Ie ſçay qu'vn pareil ſoin ne ſied pas à mon rang,
Mais pour vous y ſeruir i'ay le cœur aſſez franc.

H

M'oſtez-vous cet employ pour en charger vn autre?
Quel bras à voſtre auis y peut plus que le noſtre?
Sçachez s'il arriuoit qu'vn autre s'y portaſt,
Que ie l'en pourſuiurois comme d'vn attentat.

EVGENIE.

Certes i'éprouue en tout voſtre faueur égale.
Voulez-vous maintenir ma cruelle riuale,
Qui m'oſtant vn Eſpoux apres l'auoir ſeduit,
Met en peril mon Pere alors qu'il les pourſuit?

ALBERT.

L'vn juſte vous defend, l'autre injuſte vous quitte;
Lequel vous fait injure, & lequel vous irrite?
Il faut prendre party; qui dois-je proteger?
Eſt-ce qu'il vous veut perdre, ou qu'il vous doit venger
C'eſt vn poinct que l'honneur & que le ſang decide;
Aydons le genereux à punir le perfide.

EVGENIE.

Nous nous accordons mal dans nos plus grands ſouhaits
Vous voulez leur diſcorde, & moy ie veux leur paix.

ALBERT.

Feray-je leur accord?

EVGENIE.

L'Empereur le doit faire ;
Moy ie feray donner des Gardes à mon Pere.

❧❧❧❧❧❧❧❧❧❧❧❧

SCENE III.

ALBERT, LEON, EVGENIE, ~~SOPHRONIE~~

LEON.

Es Gardes à ton Pere ! ah lâche que dis-tu ?
Me faut-il voir mon fang combattre ma vertu ?
Des affronts d'vn mary tu n'ofes te defendre,
Mais me prens pour homme à les fouffrir d'vn gendre ;
Souffrir vn tel outrage eft trop le meriter.
Va fi tu pers le cœur, ne croy pas me l'ofter ;
Ofes-tu lâche femme & fille trop hardie
Malgré moy l'épargner apres fa perfidie ?

EVGENIE.

C'eft vous feul que i'épargne, & pour qui i'ay l'effroy.

LEON.

Tu l'eftimes beaucoup de craindre tant pour moy.

H ij

ALBERT.

Voulez-vous par sa perte expier son offence?

LEON.

Non Seigneur i'attendray la Diuine vengeance;
Son premier châtiment est dans sa lâcheté.

EVGENIE.

Il dissimule & sort de peur d'estre arresté.

ALBERT.

Madame demeurez, dans peu ie le ramene;
Ie vaincray sa fureur plûtost que vostre haine.

EVGENIE seule.

Helas! leur moindre choc ne peut qu'estre sanglant;
Puis que l'vn est perfide & l'autre violent;
Tous deux me font la guerre, & tous deux ie les aime;
Je perdray l'vn par l'autre, ou tous deux par eux-mesme.

SCENE IV.

EVGENIE, SOPHRONIE.

EVGENIE.

O *Serez-vous reuoir le suÏet de vos maux*
Madame?

EVGENIE.

Il eſt en luy de les rendre tous faux ;
Il eſt le bien venu s'il retourne ſans elle.

SOPHRONIE.

C'eſt elle & non pas luy.

EVGENIE.

Que veut cette cruelle ?

SOPHRONIE.

Vous dire adieu Madame.

EVGENIE.

Elle me dire adieu !

SOPHRONIE.

Ie l'apperçoy venir.

***

SCENE V.

EVGENIE, IRENE, SOPHRONIE.

EVGENIE.

Entrer ſans mon aueu !
Vous reuenez Madame ? & qui vous y conuie ?
Qu'eſt deuenu celuy dont vous eſtiez ſuiuie ?

Sans me le rendre icy m'ofez-vous aborder?

IRENE.

Oüy, car ie viens icy pour vous le demander.

EVGENIE.

Eſt-il dans ſon pays inſolence plus haute ?
Me demander mon bien pendant qu'elle me l'oſte !
Allez le voir chez vous qui me l'auez rauy.

IRENE.

C'eſt par là que tous deux me joüez à l'enuy ;
C'eſtoit pour me tromper qu'il me ſuiuoit le traiſtre,
Pour me quitter ſans bruit & pour mieux diſparaiſtre ;
Lors qu'il m'abandonnoit il m'a laiſſé l'erreur,
Qu'il auoit ſes deuoirs à rendre à l'Empereur ;
Mais il les venoit rendre à ſon Jmperatrice,
Et vous a ſçeu rejoindre auec cet artifice.

EVGENIE.

S'il a pû reuenir, voſtre charme odieux
Le rend comme infidele inuiſible à mes yeux.

IRENE.

Quand il m'oſte ſa veuë il vous la rend facile,
Voſtre heureuſe vnion a chez vous ſon azile ;

Ie ne veux plus de luy qu'vn adieu seulement,
Et vous n'aurez de moy que ce fâcheux moment ;
Pour ne me plus reuoir souffrez que ie le voye,
Sa veuë acheuera ma perte & vostre joye,
Et ie ne le verray qu'à trauers de mes pleurs.

EVGENIE.

Faites donc qu'il reuienne, ou le cherchez ailleurs.

IRENE.

Il n'est pas loin d'icy; ne craint-il point le lâche
Que ie me vange enfin sur celle qui le cache ?
Madame sçauez-vous qu'il faut me le trouuer ?

EVGENIE.

Quoy me joüer chez moy ! iusqu'icy me brauer !
Quand sur vostre menace Adolphe m'abandonne !
Quand surprenant sa foy vous m'ostez sa personne !
Par vostre raillerie irriter mon ennuy !
Mais vous me répondrez de son crime & de luy ;
Vous serez son ostage attendant qu'il reuienne ;
Il est vostre captif, moy ie vous fay la mienne :
Toute vostre rançon ne gist qu'en son retour.

IRENE.

Faire à moy cet insulte ! à moy ce lâche tour !

M'oſer redemander l'Eſpoux dont on me priue!
M'oſter mon affranchy! me traitter de captiue!
I'ay dequoy diſsiper ta fraude & mon ſoupçon;
Tu me fais ta captiue, & voicy ma rançon.

Elle veut frapper d'vn poignard Eugenie, Sophronie l'empeſche.

SOPHRONIE.

O Ciel! quelle fureur?

EVGENIE.

C'eſt vn trait d'Affricaine.

IRENE à Sophronie.

Et toy qui me retiens veux-tu porter ſa peine?

❧❧❧❧❧❧❧❧❧❧❧❧

SCENE VI·

EVGENIE, IRENE, SOPHRONIE, ADOLPH

ADOLPHE à Irene.

QVe voy-je? helas cruelle! à quel noir attentat,
A quelle extremité....

IRENE.

Te voila donc ingrat;

Tu reuiens à fa voix, & non quand ie t'appelle ;
Tu reuiens contre moy te declarer pour elle.

ADOLPHE.

Voulez-vous point que i'aide à vos coups inhumains ?
Quand vous l'égorgerez luy tiendray-je les mains ?
Faut-il voir ce que i'aime attaquer ce que i'aime ?
Et qu'vn excés d'amour caufe vne haine extréme ?
Rendez....   Il luy veut prendre le poignard.

IRENE.

Je ne l'ay pas apporté fans deffein.
Pour te le rendre il faut que ie luy plonge au fein ;
Non cruel ma douleur ne te rendra les armes
Que teintes dans fon fang & tes honteufes larmes.
Quand elle t'a vaincu tu crois me defarmer ;
Non ce fer doit t'apprendre à me craindre ou m'aimer ;
Laiffe moy m'en feruir s'il eft vray que tu m'aimes ;
Si tu ne m'aimes plus, tremble icy pour toy-mefmes ;
Mais vn refte d'amour que ie ne te doy plus
Veut t'obliger encor pour te rendre confus ;
Ie remets à ton choix ou fa mort ou la mienne,
Ou tu prendras ma vie, ou ie prendray la fienne.
Laiffe moy donc venger mes troubles & les tiens,

I

Quand sauué de mes fers elle t'entraisne aux siens;
Ou si tu t'y soumets, si tu me la preferes,
Venge la, venge toy de mes tristes coleres;
Perdez, tous deux la main qui vous porte l'effroy,
Qui te menace en elle, & l'attaque pour toy;
Puny ce cœur du feu qui pour toy le deuore,
Frappe ce criminel tandis qu'il t'aime encore,
Et ne luy donne pas le temps de temps de te hair,
Tu peux bien le frapper si tu l'as pû trahir;
Crois-tu pour me tuer commettre vn homicide?
Mon veritable meurtre est ton change perfide;
Choisi d'elle ou de moy, sinon ie choisiray.

ADOLPHE.

Donnez, le choix est fait, ie vous satisferay.

IRENE luy donnant le poignard.

Tien sers t'en mieux sur moy que ie n'ay fait sur elle.

ADOLPHE.

Que de rage en vn cœur n'aguere si fidelle!
Quoy vous me croyez lâche au poinct d'executer
Sur vous ce que sur elle on vous a veu tenter.

Parlant d'Eugenie il tourne le poignard vers elle d'vn geste si vehement, qu'Albert
le voyant de loin veut croire qu'il la veut tuer.

SCENE VII·

ADOLPHE, EVGENIE, IRENE, SOPHRONIE, ALBERT.

ALBERT.

VN poignard à la main tourné contre ta femme !
Ie te veux arracher ce deſſein auec l'ame.

Il porte la main à l'épée, elles s'efforcent de l'arreſter.

SOPHRONIE.

Seigneur vous vous trompez.

EVGENIE.

Albert que faites-vous ?

ADOLPHE.

Vous vous eſtes mépris.

IRENE.

Adreſſez-moy vos coups ;

Vous les ſeruirez mieux.

❊❊❊❊❊ ❊ ❊❊ ❊❊❊❊❊ ❊

SCENE VIII·

ADOLPHE, EVGENIE, IRENE, SOPHRONIE,
ALBERT, LEON, ſuiuy d'vn des ſiens.

LEON.

Qu'apperçoy-je ? qu'entends-je ?
Quel trouble en ma maiſon ? quelle auanture étrange ?
Vous dont chacun ſuit l'ordre, eſt-ce vous que ie voy A Albert
En eſtat d'auoir mis ce deſordre chez moy ?
Tirer ſur nous l'épée ! ah vous nous faites grace
De ne pas acheuer l'effet de la menace.
Et vous dont le retour nous ramene vn tourment A Adolphe
Pire que les ennuis de voſtre éloignement,
Qui deuſſiez demeurer dans les priſons d'Affrique,
Plûtoſt que nous cauſer ce trouble domeſtique,
Qui porteriez des fers ſous vn joug étranger
Mieux qu'vn poignard chez moy pour nous en outrager.

ADOLPHE.

Leon vous vous trompez d'vne fauſſe apparence.

LEON.

Quel est ce procedé dont la seule ombre offence ?
Vostre abus par ce fer vient-il se maintenir
Et me confondre icy de ne le pas punir ?
Venez-vous de mon sang sceller vostre diuorce ?
Attaquez-vous Albert, est-ce luy qui vous force ?
Dites enfin tous deux à qui vous en voulez,
Et d'où viennent chez moy ces sanglans démeslez ?

ALBERT.

Vous voyez ce poignard & l'effroy de Madame,
Iugez apres cela ce qu'il auoit dans l'ame.

ADOLPHE.

é ! que pourriez-vous dire ?

ALBERT.

On le peut bien iuger ;
Leon sans cette épée elle couroit danger ;
Ne prenez mon secours que pour vne menace,
Mais elle obligeroit tout autre en vostre place ;
e vous sauue vne fille & luy sauue le iour.

ADOLPHE.

N'irez-vous point vanter cet exploit à la Cour ?
Donnez vous de l'honneur sans m'imputer vn crime ?

Sans acheuer pres d'eux de me perdre d'eftime.
En quoy donc ay-je pû vous choquer jufqu'icy
Pour prendre ce pretexte à m'attaquer ainfi?
Ce poignard en ma main peut-eftre vous abufe;
Si cette erreur vous trompe elle vous fert d'excufe,
Quand ie le porte en main ie viens de l'arracher.

LEON.

A qui?

ADOLPHE.

Le puis-je dire!

EVGENIE.

Et puis-je le cacher!
Il auoit defarmé la fureur de Madame
Qui venoit m'égorger pour deuenir fa femme.

LEON à Iréne.

Voftre noire fureur....

IRENE.

Mon jufte defefpoir
Venoit donner la mort, ou bien la receuoir.

LEON.

Comme fur noftre honneur fur nos jours elle attente;
Puis qu'elle veut la mort, nous la rendrons contente;

TRAGI-COMEDIE.

Oüy nos Loix iugeront qui de nous a le tort,
Si vous deuez donner ou receuoir la mort.
Othon enfermez-là dans la chambre prochaine.

IRENE à Adolphe.

Tu le souffres ingrat ! souffre encor qu'on m'enchaine,
Adiouste cet affront aux maux que i'ay soufferts ;
Ie t'ay fait mon Espoux d'Esclaue dans nos fers,
I'ay merité les tiens, oüy fay moy ton Esclaue,
Et ton crime acheué fay que mon sang t'en laue ;
Ie t'ay beaucoup rendu, mais tu m'as plus osté ;
De tous mes droicts rauis rends moy ma liberté,
Ie ne la prendray pas pour conseruer ma vie.

ADOLPHE.

Nous vous seruirons mieux sans suiure vostre enuie,
Ordonnez-luy Seigneur vn digne appartement ;
Qui m'a sauué merite vn meilleur traittement ;
Nous ne sçauons pas tous à quoy Dieu la reserue.
Trasile icy Madame aura soin qu'on vous serue.

IRENE.

Oüy ie demeure icy, mais pour mieux obtenir
La vengeance ou la mort qui m'y faisoit venir.

ADOLPHE.

Quelques plus doux moyens vous rendront satisfaite;
Attendez les icy comme en vostre retraite.

LEON.

Nommez luy mon logis ou retraite ou prison,
Ie l'y veux retenir pour en tirer raison.

ALBERT à Leon.

Adolphe a trop de cœur pour s'exposer au blâme
De ne proteger pas celle qu'il tient pour femme;
Elle fut son salut, il sera son soûtien,
Ny Madame ny vous ne luy serez de rien;
Le vieil amour s'éteint où le nouuel éclatte,
Et le premier nous pese où le dernier nous flatte.
Madame s'il vous fuit pour celle qui l'attend,
C'est de peur d'estre ingrat qu'il parest inconstant;
Soyez la plus aimable & la plus estimée,
Puis qu'il luy doit la vie elle est la plus aimée;
La captiue apres tout pourroit bien triompher,
Et faire de ses yeux bien plus que de son fer.

EVGENIE.

Dequoy vous meslez-vous Albert ? que vous importe
Pour qui de nous Adolphe ait l'amour la plus forte ?

De quels traits venez-vous irriter nos debats?
Il fera son deuoir s'il ne vous en croit pas.

ALBERT.

Il vous en croira moins s'il en croit l'Estrangere.

ADOLPHE.

Seigneur ay-je auec vous traitté de cette affaire?
Je sçay faire & feray ce qu'ordonne l'honneur;
C'est vn soin qui me touche, & non pas vous Seigneur.

ALBERT.

Quoy mon authorité vous semble si petite,
Qu'vn homme tel que vous à ce poinct la limite?
I'en sçay, i'en vois assez pour en parler à tous;
Et ne suis pas de rang à me taire pour vous.

LEON.

Albert ie plains assez ma famille en son trouble,
Sans que vostre superbe à mes yeux le redouble;
Si vous irritez plus vn discord trop aigry,
Ie ne respecteray faueur ny fauory.

ALBERT.

Ie fay bien mieux que vous, ie respecte vostre âge,
Et ie crains vn vieillard qui n'a que le courage.

K

LEON.

Il a dequoy répondre.

ALBERT.

On vous conneſt fort bien,
Et voſtre vain courroux n'eſt pas digne du mien;
Ie n'en veux pas à vous, ie ſçais à qui m'en prendre.

Il ſort tournant l'œil ſur Adolphe.

LEON à Adolphe.

Quels maux voſtre retour nous doit-il faire attendre?
Il nous pique pour vous, & vous nous trahiſſez!

ADOLPHE.

Tel traiſtre ſçait vanger ſes amis offenſez.

LEON.

Songez à la vengeance où l'honneur vous conuie,
Non de noſtre ennemy, mais de noſtre ennemie;
Vous m'en ferez raiſon, où ie me la feray.

ADOLPHE.

Vous la traitterez mieux, où ie la ſeruiray.

EVGENIE.

En luy faiſant faueur nous ferez-vous juſtice?

ADOLPHE.

Vous qui deuez l'aimer voulez qu'on la puniſſe?

Dequoy donc la punir? de m'auoir trop seruy,
Et vous auair rendu ce qui vous fut rauy?
Pour sa triste fureur & sa menace vaine,
C'est plûtost vn effort de douleur que de haine;
Ie ne la verray point, c'est la punir assez;
Mais ce n'est sa fureur ny vous qui m'y forcez.
Pour confondre en vous deux vn soupçon temeraire,
Ma vertu m'en separe, & non vostre colere;
Mais ne la voyant plus ie ne vous verray point
Ingratte à ses bontez dont l'effect nous rejoint;
Vous ne me verrez point perfide enuers Irene,
Ny dans les bras des miens lors qu'elle est à la gesne;
Et ie suspens le soin de vous & de mes biens
Tant que i'aye étably celle dont ie les tiens.
Que ses bien-faits payez accordent la querelle;
Ie confesse estre à vous, & vous aimer plus qu'elle;
Mais si vous la voyez d'vn œil fier ou jaloux,
Ie pourray l'aimant moins l'estimer plus que vous;
Elle a fait mon salut, & le sien me regarde,
Ie la laisse en vos mains & vous la donne en garde;
Vsez-en bien Madame, & vous ressouuenez
Qu'il faut me condamner si vous la condamnez.

LEON.

Souuenez vous plûtoſt qu'elle s'eſt condamnée
Par ſon noir attentat, fruit de voſtre hymenée;
Son complice en dit trop deuant ſon puniſſeur.

ADOLPHE.

Son tyran en fait trop deuant ſon defenſeur.

LEON.

Et ie n'épargneray le ſang ni l'alliance
Qui la voudroit abſoudre ou prendre ſa defenſe.

ADOLPHE.

Seigneur penſez à vous quand vous la menaſſez;
Et vous defendez là ſi vous le cheriſſez.   A Eugenie.

LEON.

Je voulois deuant vous punir la criminelle,
Mais ie voy bien qu'il faut vous punir deuant elle.

ADOLPHE.

Quelque droict qu'vn parent prenne pour m'outrager,
Cecy me defendra pour la mieux proteger.

Mettant la main ſur la garde de ſon eſpée.

LEON voulant tirer la ſienne, Eugenie le retient.

C'en eſt trop.

EVGENIE.

Ah! Seigneur qu'a fait voſtre Eugenie
Pour eſtre par vos mains la premiere punie?
Ce combat où déja vous me percez le cœur
Peut faire vn parricide & non pas vn vainqueur;
Le perdre eſt luy vouloir immoler voſtre fille,
Et c'eſt ne vous venger que ſur voſtre famille;
Aſſaſſin d'vn Eſpoux vous pourrois-je honorer?
Ne vous honorant plus pourrois-je reſpirer?
Vous n'irez point à luy, quelque ingrat qu'il puiſſe eſtre,
Sans marcher ſur ce corps que vous auez fait naiſtre;
J'en veux faire vn rampart pour luy contre vos coups,
Comme i'en ferois vn contre les ſiens pour vous.

LEON.

Tu n'auras pas long-temps pour garder ta perſonne
Celle que ton oubly lâchement abandonne;
Mais ta moitié me reſte, apprens qu'il eſt en moy
De commencer par elle & de finir par toy.
Ie te feray ſentir ſa perte auant la tienne.   Il ſort.

EVGENIE.

Que voulez-vous tous deux que mon amour deuienne?

ADOLPHE.

Ie le tiendray suspect, quoy que bien éprouué,
S'il n'éclatte à seruir celle qui m'a sauué.

EVGENIE.

Vous a-elle sauué pour me perdre infidelle ?
L'épargnant plus que moy peux-tu m'aimer plus qu'elle ?

Fin du troisiéme Acte.

ACTE IV·
SCENE I·

FREDERIC, EVGENIE.

FREDERIC.

A PEINE i'en croyois ceux qui me l'ont apris,
Mais plus que son retour son hymen m'a surpris;
I'en suis piqué pour vous, & parce qu'il vous touche,
Ie voulois en passant l'oüyr de vostre bouche;
Si vous estes trompée, Albert l'eust plus esté.

EVGENIE.

Seigneur Adolphe manque, & ie l'eusse imité,
Et nous assortirions d'illegitimes flâmes
Si i'auois deux maris ainsi qu'il a deux femmes.
Voicy le digne objet de son injuste choix,
Mon Pere icy l'amene & l'eupose à vos Loix.

✶❧✶❧✶❧✶❧ ✶❧✶❧✶❧ ✶❧✶❧✶❧✶❧✶❧✶❧✶

SCENE II·

FREDERIC, EVGENIE, LEON, IRENE.

IRENE.

IL ne m'amène pas Seigneur, ie le deuance ;
C'eſt mon droict qui m'amene, & non ſa violence.

LEON.

Tout ſon droict qu'elle vante à voſtre Majeſté,
C'eſt vn ſanglant projet, c'eſt vne cruauté
Digne d'vne furie & d'vne ame Affricaine.

IRENE.

Dites d'vne ame née aux droicts de Souueraine,
Vous ne me donnerez que le nom qui m'eſt dû.

LEON.

Ie ne vous connoy point par ce nom pretendu ;
Mais voſtre barbarie en effet vous declare
Fort digne de regner dans vn pays barbare.
Quelle rage vous pouſſe à quitter ce haut rang
Pour venir de ſi loin attenter à mon ſang ?

Seigneur ie ne voy rien que son bras n'entreprenne,
Elle attaque en barbare, & parle en Souueraine ;
Sa fureur ayant fait ses coups d'effroy sur nous
Peut sur les plus puissants tenter de plus grands coups ;
Le Demon de l'Affrique auec elle conspire
Iustice à ma famille, & plus à vostre Empire ;
L'Egypte rougit trop du sang de vos vassaux,
Sans qu'ils souffrent icy ses funestes assauts,
Et que dans vostre Cour leur trouble s'entretienne
Par les mains d'vne femme & d'vne Egyptienne.

EVGENIE.

Seigneur n'eust-elle au moins attenté qu'à mes jours,
Mes disgraces par là pouuoient finir leurs cours ;
I'en courrois le hazard Seigneur, sans que ie vinsse
D'vne crainte si basse importuner mon Prince ;
Mais son pire attentat qui m'arrache vn Espoux
Est digne de ma plainte & de vostre courroux ;
De genereux qu'il fut me le rendre infidelle,
Fourbe, ingrat, lâche, traistre, en vn mot digne d'elle,
Enchanter sa vertu par vn funeste amour,
C'est nous faire à tous deux perdre plus que le iour,
Seigneur souffrez qu'icy la cruelle execute

L

Sa nouuelle entreprise à qui ie reste en butte,
Et m'oste auec le iour l'horreur de luy quitter
Mon bien qu'elle corrompt pour me le mieux oster;
Ou chassez loin de nous ces traits d'vne ame noire,
Sans qui i'aurois la paix, comme Adolphe sa gloire.

LEON.

Oüy Seigneur bannissez elle & ses attentats,
Deliurez ma maison & purgez vos Estats.

IRENE.

Sur vos Estats ie creus meriter recompense;
Et ie m'y voy reduite au soin de ma defense;
Nous oster vn Esclaue & vous rendre vn sujet,
Me bannir sur sa foy, c'est le mal que i'ay fait;
Luy m'attirer vos coups apres ceux de leurs haines,
C'est sa reconnoissance & le fruit de mes peines;
On vous demande icy Justice contre moy,
I'implore contre luy la Iustice & la Loy;
Mais lequel crains-je plus, qu'on me vange ou puniss
Ou mon injuste peine, ou son juste supplice?
I'ignore à quoy l'on peut condamner justement
Cet inutile effort d'vn premier mouuement
Contre celle qui m'oste vn Espoux & la vie;

Pour luy qui m'oste encor mes droicts qu'elle m'enuie,
Qu'il ne soit condamné qu'à me garder sa foy,
Attendant que ma mort l'en dégage vers moy.

SCENE III.

FREDERIC, LEON, EVGENIE, IRENE, SOPHRONIE.

SOPHRONIE à Eugenie.

Madame...

EVGENIE.

Qu'auez-vous ? quel trouble ?

SOPHRONIE.

Il est extréme.

EVGENIE.

C'est à moy qu'il s'adresse.

IRENE.

Ou plûtost à moy-mesme.

SOPHRONIE.

Cassilde a veu qu'Adolphe à son depart soudain
Pour se mieux écarter sortoit par le jardin,

L ij

Cet enfant trop fenfible au changement d'vn pere,
Et plus fenfible encor aux douleurs d'vne mere,
M'amene pour le fuiure, & toutefois trop tard;
Nous fortions le jardin du cofté du rempart,
Deux hommes font venus, dont l'vn me l'a rauie
Pendant que l'autre a feint d'en vouloir à ma vie.

LEON.

Ah! Seigneur pardonnez, fi ie cours fur leurs pas.

EVGENIE.

Souffrir dans voftre Cour de pareils attentats!
Seigneur plaignez en moy l'vne & l'autre mifere,
Ie fouffre tout en femme, & ie pers tout en mere;
Vengz donc l'vne & l'autre, ou fi c'eft trop vouloir,
Satisfaites du moins mon dernier defefpoir;
Pour le mieux exaucer n'oyez qu'vne requefte,
Ils m'enleuent ma fille, accordez-moy leur tefte,

FREDERIC.

Vous l'aurez, Eugenie, & cet outrage eft tel
Que le moindre fupplice en doit eftre mortel.

SOPHRONIE.

Ie ne fçay fi ce rapt a des fuites finiftres,
Ie crains que ces voleurs n'en foient que les Miniftres,

Qué l'autheur foit de marq; & m'ait craint pour témoin;
Mais deuant ce malheur i'ay reconnu de loin
Adolphe tout penfif dans cette folitude,
D'où mefme il aura pû preuoir vn coup fi rude.

EVGENIE.

O qu'il l'a bien preueu! qu'il l'a bien preffenty!
S'il nous dreffoit luy-mefme vn fi mauuais party.
Et vous en fon abfence, oüy vous fa confidente,
A quoy l'engagez-vous contre cette innocente?
Cruelle qui tantoft m'alliez percer le fein,
Vous auez mieux fur elle accomply ce deffein;
Et bien plus criminelle au changement du crime;
M'oftez vn fang plus cher que celuy qui m'anime.
Pour m'en aigrir la perte il faut me l'arracher
Par celuy pour qui feul ie le tenois fi cher!
Par les mains d'vn Efpoux m'enleuer vne famille!
Par mon plus doux appuy déchirer ma fille!
Par luy-mefme brifer noftre plus beau lien,
Et m'ofter le feul fruit de mon fang & du fien!
Ce cruel deferteur dont i'auois ce doux refte,
Du larcin qu'il m'en fait vous fait vn don funefte.
Aux foins que ie pris d'elle eftoit-ce tout fon but

D'en faire à sa Maistresse vn enfant de tribut ?
Et comme Esclaue encor souffrir qu'vne Payenne
Soit sa Sultane icy sous le nom de Chrestienne ?
Mais parmy son tribut mon sang vous est-il dû ?
Vous ne me le rendrez que l'ayant répandu ;
C'est pour vous assouuir que le traistre vous liure
Cet enfant condamné pour m'auoir fait trop viure ;
Car vous ne l'enleuez que d'vn bras d'assassin,
Et le meurtre doit suiure vn si cruel larcin,
Mais Seigneur quoy qu'elle ose & quoy qu'elle prepare ;
Nul crime ne m'étonne aux mains d'vne barbare
Qui peut apres la fille égorger les parens,
Et surpasser les siens n'agueres nos Tyrans ;
Ce rapt si criminel est moins étrange en elle,
Mais horrible en vn homme à qui ie suis fidelle ;
Jugez s'il doit perir puis que ie le poursuy,
Puis qu'il ligue son sang & le mien contre luy ;
Qu'on ne m'allegue point que sa vie est la mienne,
Qu'au lieu de me venger ma perte suit la sienne,
Que ie doy rendre l'ame à le voir expirer ;
Non exterminez-moy si ie puis le pleurer ;
Ce n'est plus mon Espoux contre qui mon sang crie,

J'attaque seulement celuy d'vne furie ;
Il rentre par son crime en ce titre odieux,
Et comme scelerat il la merite mieux ;
Qu'il soit pour mieux perir l'Espoux de sa complice ;
Ce beau nom luy sied bien pour aller au supplice ;
Ou si pour me tromper il se nomme encor mien,
Comme pour m'outrager il s'est declaré sien ;
Qu'il soit encor à moy pour sentir qu'vn infame
Merite de perir par les vœux de sa femme.

IRENE.

Iusqu'icy ie n'ay fait que me taire & souffrir,
Mais ie le defendray, deust-il plûtost perir.
Prince elle veut du sang, mais faut-il qu'elle obtienne
La mort de l'accusé sans demander la mienne ?
Car de crime étrange, ou veritable ou feint,
Il est mal conuaincu si l'on ne m'en conuaint ;
Ie ne sçay si ce rapt rend Adolphe coupable
Pour adjouster sa honte au malheur qui m'accable ;
Ou s'il est controuué pour m'attaquer en luy,
Ou punir en vous deux les trahisons d'autruy ;
Mais ie sçay qu'il eust fuy cette lâche entreprise,
Si ie l'eusse exigée, ou s'il me l'eust promise.

Helas! s'il est perfide autant que ie le croy,
C'est pour ne seruir qu'elle & ne trahir que moy;
Loin d'immoler son sang a sa liberatrice,
Il la sacrifiroit à son accusatrice;
Et quand pour elle mesme il iure mon trépas,
Elle poursuit le sien que ie ne poursuy pas;
Parce qu'il s'est trouué proche le lieu du crime,
Elle l'en fait coupable, & le veut pour victime,
Elle croit qu'il me sert dans vn mauuais dessein
Pendant qu'il m'abandonne à leur cruelle main;
Elle veut l'opprimer d'vn joug plus tyrannique
Qu'il n'en a supporté chez nos Tyrans d'Affrique,
Et le met en estat de me faire pitié
Lors qu'il me rend l'objet de son inimitié;
Si l'amour d'vn Espoux est sa marque certaine,
Adolphe en a-il vne en ce monstre de haine?
Ah! s'il sçait discerner sa rage & mon secours,
Elle n'est plus sa femme, & ie la suis toûjours.

❧❧❧❧❧❧❧❧❧❧❧❧❧❧❧❧❧

SCENE IV.

FREDERIC, EVGENIE, IRENE,
SOPHRONIE, TRASILE.

TRASILE à Eugenie.

Madame, voſtre fille....

EVGENIE.

Hé bien traſile acheue.

TRASILE.

Par le moyen d'Adolphe....

EVGENIE.

Eſt-ce luy qui l'enleue ?

TRASILE.

C'eſt luy qui vous la rend & vient de la ſauuer,
Seul l'arrachant des mains qui l'oſoient enleuer.
Comme il me voit de loin accourir à ſon aide,
Il vient à moy me dire euſſions-nous le remede
A tous nos autres maux ſi prompt qu'à celuy-cy ;
Mene au logis ma fille, oſte-les de ſoucy ;

M

Ie n'y puis retourner, quelque affaire me presse.
Dy leur que si mon soin sert si bien leur tendresse,
pour m'en recompenser i'attens de leur bonté
Que ma liberatrice ait d'eux la liberté,
Qu'on luy rende vn respect égal à son merite,
Qu'Eugenie abandonne vn soupçon qui l'irrite;
Ie la traitteray seule en femme desormais;
Pour Irene, mes biens payeront ses bien-faits.

EVGENIE.

Adolphe que i'ay creu plus d'vne fois coupable
Est deux fois genereux; Ciel! est-il veritable?
Pendant que mon erreur sollicite sa mort
Il me sauue vne fille & nous remet d'accord.

IRENE.

Lors que ie le defens, malgré sa perfidie,
Il l'acheue l'ingrat, l'ingrat me repudie!

EVGENIE.

Nous vous satisferons de tout nostre pouuoir,
Adolphe vous rendra ce qu'il peut vous deuoir;
Deuant sa Majesté ie declare Madame
Que ie tiens tout de vous iusqu'au nom de sa femme.

IRENE.

Il me l'a donc rauy quand il vous l'a rendu.
Ah! Seigneur i'ay failly de l'auoir defendu;
Quand on luy procuroit la peine d'vn faux crime,
Le vray dont ie me plains la rendoit legitime;
Voſtre Cour, ma Patrie, & Rome & trop de lieux
Ont veu ſa trahiſon qui vient iuſqu'à vos yeux;
Dans Rome il m'épouſa comme veuf d'Eugenie,
L'étouffant dans ſon cœur par ſa fourbe impunie,
Et noircy de deux parts d'vn abus criminel
Trahiſſoit elle & moy, l'honneur, Rome & le Ciel;
Sa fourbe lors cachée enfin s'eſt enhardie,
Qui m'épouſa dans Rome icy me repudie;
Il veut ſous voſtre aueu mettre ſon crime au iour,
Et du mépris de Rome abreuuer voſtre Cour;
Voyez que de reſpects violez par vn homme,
Vengez vne affligée, ou voſtre Cour ou Rome,
Vengez vos ſainctes Loix qu'il braue & que ie ſuy,
Faites m'en par ſa mort des leçons mieux que luy;
S'il profane la Foy par vn ſi lâche vice,
Honorez là pour moy par vn trait de iuſtice;
Empeſchez qu'vn Chreſtien fauſſaire impunément

Ne m'inftruife à fauffer mon plus jufte ferment;
Ie fens mon zele foible, & crains qu'il ne s'éteigne
Où la fraude triomphe & l'impunité regne;
Secourez fa foibleffe, il n'eft pas en naiffant
A l'épreuue des traits dont l'honneur fe reffent;
Elle eft pour ma conftance & trop dure & trop prompte,
I'apprens à tout fouffrir, excepté cette honte,
Et pour le nom Chreftien dont ie fay mon bonheur
I'apprens à perdre tout, mais i'excepte l'honneur;
Ie n'ay plus que ce bien, l'equité vous conjure
De me le conferuer aux dépens d'vn parjure;
Ma gloire en eft bleffée encor plus que vos Loix.
Que craindrois-je de pis fi ie les violois?
Il faut que ce perfide ou ma gloire periffe;
Rien ne la peut fauuer que fon jufte fupplice;
Sauuez-là par pitié, fi ce n'eft par deuoir,
Que la Foy que i'embraffe aide à vous émouuoir;
Faut-il que ma priere à vos genoux m'abaiffe?
Et pour eftre Chreftienne en fuis-je moins Princeffe?

FREDERIC.

Non Madame ceffez, prouuez fa trahifon,
Sa tefte s'il le faut vous en fera raifon.

EVGENIE.

Quoy Seigneur contre Adolphe exaucer ma riuale?
Le iugez-vous au gré de cet ame inégale?
Elle qui l'excusoit l'ose-elle accuser?

IRENE.

Elle qui l'accusoit l'ose-elle excuser?

EVGENIE.

Mon soupçon l'accusoit, mais sa vertu l'excuse.

IRENE.

Ma bonté l'excusoit, mais son crime l'accuse.

EVGENIE.

Vous quitter pour sa femme est vn crime à loüer.

IRENE.

M'auoir receu pour telle, & me desauoüer?

EVGENIE.

Il ne vous épousa qu'apres m'auoir creu morte.

FREDERIC.

L'abus est pardonnable & son excuse est forte;
Vostre vnion alors causoit vostre bonheur,
Maintenant sa rupture épargne vostre honneur;
Et ce nœud qui fut iuste en l'erreur du vefuage
Se dissout au retour du premier mariage;

Madame il veut payer vos graces de ses biens,
S'il ne le peut assez, i'y suppleray des miens.

SCENE V.

FREDERIC, EVGENIE, IRENE, SOPHRONIE,
TRASILE, ADOLPHE.

ADOLPHE.

SEigneur depuis vn iour qu'on croit que ie respire,
De tous mes longs trauaux sous vostre doux Empire,
De nouueaux accidens m'ont trop persecuté
Pour venir rendre hommage à vostre Majesté,
Et pour ne la reuoir qu'auec juste épouuante,
Puis qu'il faut me lauer d'vne faute innocente.

FREDERIC.

Ie tiens pour innocence vne faute d'erreur.

IRENE.

Qu'vne telle innocence a pour moy de fureur!

ADOLPHE.

Madame assistez mieux la pitié de mes proches,
I'ay besoin de secours plûtost que de reproches;
Ie ne m'accuse pas d'vn mal que vous pensez,

EVGENIE.

Quel nouueau coup succede à nos troublez passez.

ADOLPHE.

I'ay tué....

IRENE.

Moy cruel, car tu m'ostes la vie.

ADOLPHE.

Vn coup mortel me venge, & ma fille rauie;
Je resuois à l'écart à mes nouueaux malheurs
Lors que i'ay veu passer le chef de ces voleurs,
Qui les faisant marcher auec leur triste prise
Venoit frapper mes yeux d'vne indigne surprise;
Comme il me voit courir où mon sang court hazard,
Il leur fait lâcher prise, & luy me tire à part
Pour me dire en secret, mais d'vn ton de colere,
Si i'enleuois l'enfant, ie n'en voulois qu'au pere;
I'entreprenois ce rapt pour te le découurir,
Et ie n'ay rien trouué de plus propre à t'aigrir;
Ie n'ay sceu te piquer à moins que d'vn outrage,
Et i'ay honte pour toy de presser ton courage;
Fay retourner ta fille, il suffit ie te tiens,
I'écarteray mes gens, ne prens aucun des tiens.

Moy preßé d'autres foins que de cette vengeance,
Je luy répons fi froid que ma froideur l'offenfe;
Vn des miens accouroit m'ayant fuiuy de loin;
Et moy pour mieux cacher la querelle à fon foin,
Je luy mene ma fille, & de là ie regagne
L'ennemy qui pretend me voir à la campagne;
Il m'attaque, & i'en fuis fi viuement preßé,
Qu'on prendroit l'offenfeur pour eftre l'offenfé;
Vn injufte querelle à tel poinct l'encourage,
Que iamais la valeur ne feruit mieux la rage;
Enfin mon droict l'emporte, & veut que l'inhumain
Arrache malgré moy fon trépas de ma main;
Mais l'equité m'en laue, & m'infpire l'audace
De venir à vos pieds vous demander ma grace.

FREDERIC.

Et vous nommez le mort?

ADOLPHE.

Vn cruel rauiffeur,

FREDERIC.

Mais fon nom?

ADOLPHE.

C'eft celuy d'vn injufte aggreffeur.

FREDERIC.

Enfin vous l'appellez?

ADOLPHE.

Puis qu'il vous le faut dire,

C'est Albert.

FREDERIC.

Que dit-il? c'est Albert?

ADOLPHE.

I'en soûpire.

FREDERIC.

Et vous l'auez tué?

ADOLPHE.

Ie l'ay mis à son tort,
Sa fureur le rend seul coupable de sa mort.

FREDERIC.

Il osera bien-tost s'en prendre à ma personne.
Madame c'est icy que vostre cause est bonne;   A Irene.
Ce coup sanglant auere vn crime plus couuert;
Ie croy qu'il vous trahit, s'il assassine Albert.

IRENE.

Seigneur s'il faut venger le mort & la trahie,
L'authorité blessée, & ma gloire obscurcie,

N

Abandonnez sa vie à ma seuerité,
Souffrez que ie le rende aux fers dont ie l'ofté;
Liurez le criminel à la plus outragée.

FREDERIC.

A moins que de sa mort vous seriez mal vengée.
Qu'on le mene à la Tour? qu'il n'ait aucun des siens;
Allez s'il n'obeït, chargez-le de liens.

ADOLPHE.

L'Egypte & vostre Cour me font d'égales peines,
Et mes justes combats n'ont pour prix que des chaisnes.

FREDERIC.

Traistre il faut donc iuger de tes autres combats
Par celuy dont Albert a receu le trépas.

ADOLPHE.

Si le respect icy me defend de répondre,
Tel me peut mal-traitter qui ne me peut confondre.
Seigneur souffrez vn mot pour vous desabuser,
Non pour sauuer des jours que ie sçay méprifer;
Vn lâche loin de vous eust cherché son refuge,
Qui se sent criminel ne cherche point son Iuge;
Ne vous faites point tort, iugez mieux des combats
D'vn cœur qui vous respecte & qui ne vous craint pas.

SCENE VI·

FREDERIC, EVGENIE, IRENE, SOPHRONIE,
TRASILE, ADOLPHE, LEON.

EVGENIE.

Seigneur que la pitié....

LEON.

Seigneur que la clemence....

FREDERIC en sortant.

Sur peine de la teste euitez ma presence·
Qu'on l'emmene?

ADOLPHE à Irene.

Madame on vous va contenter.
Adieu ie n'ay rien fait qu'il faille regretter.   A Evgenie.

EVGENIE.

On vous vange cruelle, & vostre fausse injure.

IRENE.

Sçachez que plus qu'à vous ma vengeance m'est dure.

EVGENIE.

Son châtiment vous flate, & pourtant vous déplaist

N ij

Quand voſtre inimitié n'en donne pas l'Arreſt;
Vous propoſiez vos fers pour vous le mieux ſoûmettre.

IRENE.

Ie ſçay l'oſter des fers, & non pas l'y remettre.

EVGENIE.

Vous le vouliez pourtant voir liuré ſous vos Loix.

IRENE.

Oüy pour le deliurer vne ſeconde fois;
Si ie le pourſuiuois d'auoir bleſſé ma gloire,
Ie fremis de le voir punir de ſa victoire;
Et ma haine s'étouffe aupres d'vne rigueur
Qui donne pour triomphe vn ſupplice au vainqueur;
Mais loin d'abandonner qui pour vous m'abandonne,
Et vous rend tous les droicts que i'eus en ſa perſonne,
Je veux pour mon honneur autant que pour ſon bien,
Sauuer ce malheureux dont ie n'attens plus rien.

EVGENIE.

Il me rendoit mon rang, & moy ie vous le cede;
Si vous oſez tenter plus que moy pour ſon aide.

LEON.

Que feras-tu ma fille?

EVGENIE.

> Vn effort qu'entreprend
Vne femme de cœur sans l'aueu d'vn parent.

LEON.

Va laisse moy plûtost le soin de le defendre;
C'est à toy d'esperer, c'est à moy d'entreprendre.

EVGENIE.

Et qu'entreprendez-vous?

LEON.

> Dans vn dessein pareil
Ce n'est que ma vertu qui me donne conseil;
Trop haut pour vne femme, il n'est bon qu'à ton pere;
Tu ne peux l'aprouuer qu'apres l'auoir veu faire.

IRENE.

Faites donc vos efforts pour vostre commun bien,
Possible auant vous deux tenteray-je le mien.

EVGENIE.

Madame quel est-il?

IRENE.

> Vous ne le pourriez croire;
L'effet vous l'apprendra pour m'en donner la gloire;
Adolphe n'a le jour qu'alors que ie luy rens;

Il n'appartient qu'à moy de vaincre ses tyrans;
Luy qui me fait tout perdre apres m'auoir rauie,
Ne peut m'oster le droict de luy sauuer la vie.

EVGENIE.

Joignons plûtost pour luy tant d'efforts genereux.

SOPHRONIE.

Il n'en faudroit pas tant pour vn moins malheureux.

Fin du quatriéme Acte.

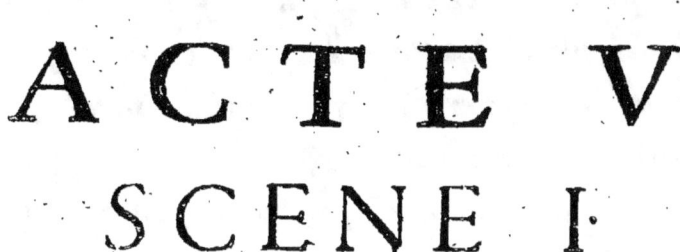

ACTE V.

SCENE I.

IRENE feule.

STANCES.

A QVOY mal-heureuse Princeſſe
M'a reduite vn captif racheté de mon bien!
Quand il m'a fait tout perdre il ceſſe d'eſtre mien,
Et l'aimer ſans eſpoir eſt tout ce qu'il me laiſſe;
Quand ſon nouueau malheur ſemble venger mon ſort,
Tout de ſon coſté me menace;
Il met pour m'affliger deux contraires d'accord,
Sa perte & ſon ſalut, ſon ſupplice & ſa grace;
Ie crains ſon party que i'embraſſe,
Ie tremble de ſa vie, & fremy de ſa mort.

104 LE BIGAME GENEREVX,

Ie me hay fi ie veux qu'il viue,
Je traby mes bienfaits dont vn autre a le fruit,
Je repare vn bonheur dont le mien eft détruit,
Et ie fauue vn Efpoux à celle qui m'en priue;
S'il meurt, ie voy perir le fruit de nos combats,
Sa deliurance & mon merite;
S'il meurt ie fuis fa femme, & ne le quitte pas;
S'il vit il ne m'eft rien, & l'inconftant me quitte;
Qu'on le releue ou precipite,
Ie le pers à fa vie, ou meurs à fon trépas.

Sauue le du moins pour luy-mefmes,
S'il ne t'eft plus permis de le fauuer pour toy;
Ne crains point de l'aimer par ce refte de foy,
Si ce n'eft plus pour toy, mais pour luy que tu l'aimes;
Secours le; mais helas! comment le fecourir?
Son Juge rend ma bonté vaine;
Ie ne puis l'appaifer, moy qui n'ay pû l'aigrir;
Ma haine & ma pitié par tout perdent leur peine;
Ciel qui le fauuois de ma haine,
Quand il me fait pitié le feras-tu perir?

SCENE II.

IRENE, TRASILE.

IRENE.

AH! Trasile où ton Maistre aura-il sa defense ?
Je n'ay pû chez le Prince obtenir audience ;
Ie ne puis voir le Iuge & moins le prisonnier,
Ny de mes tristes soins luy rendre le dernier.

TRASILE.

On le sort de prison Madame.

IRENE.

Ah l'injustice !
Le conduit-on si tost au lieu de son supplice ?

TRASILE.

Il est libre, & dans peu vous le verrez icy.

IRENE.

Quoy mes vœux pour ce coup auroient-ils reüßy ?

TRASILE.

S'il est hors de prison, ce n'est que pour vne heure.

O

IRENE.

Hé quoy faut-il apres qu'il y rentre ou qu'il meure ?

TRASILE.

S'il obtient sa sortie il n'a point d'autre espoir
Que de vous appaiser par son dernier deuoir ;
Madame obtient pour luy cette legere grace,
Mais à condition de qu'elle reste en sa place.

IRENE.

Quoy l'Empereur consent ?

TRASILE.

        Non c'est l'ordre d'Albert
Qui donne cette treve au malheureux qu'il perd ;
Mais s'il deliure Adolphe en faueur d'Eugenie,
C'est pour la retenir dessous sa tyrannie.

IRENE.

Albert n'est donc pas mort.

TRASILE.

        On l'a tenu pour tel.

IRENE.

Ah s'il pouuoit reuiure !

TRASILE.

        On tient son coup mortel.

IRENE.

Cependant pour Adolphe elle reste en ostage,
L'assistant la derniere elle a tout l'auantage,
Puis qu'elle me surmonte au soin de le sauuer,
Et deuient genereuse afin de me brauer.
Ah! noble ialousie il faut que ie te quitte,
Puis que ma concurrente a vaincu par merite,
Mon plus cher affranchy se peut nommer le sien,
Bref il luy sera tout pour ne m'estre plus rien.

SCENE III.

ADOLPHE, TRASILE, IRENE.

ADOLPHE.

IE vous suis dans l'honneur ce que ie vous puis estre,
Et viens auant mourir vous le faire parestre;
C'est vous estre beaucoup qu'exposer pour vous voir
La gloire de ma fin & mon vnique espoir,
Et vous monstrer icy ma vertu fugitiue
Qui laisse dans ma place vne femme captiue;

O ij

Mais en laiſſant ma gloire auec elle en priſon,
I'oſe leur faire tort pour vous faire raiſon;
La chargeant de mon ſort qui m'en deuient plus rude,
Ie ne fuy pas ſes coups, ie fuis l'ingratitude,
Puis qu'affranchy d'Frene & ſon plus obligé,
Ie ne puis bien mourir ſans prendre ſon congé;
Souffrez que ce deuoir de ma reconneſſance
Remporte voſtre eſtime auec mon innocence.

IRENE.

Quelle reconneſſance Adolphe & quel deuoir?
Vous pouuez me quitter & vous m'oſez reuoir!
Ce qui m'eſtoit cruel dans la bouche d'vn autre
Venez vous me le rendre odieux en la voſtre,
M'auoüer n'eſtre plus tout ce que vous m'eſtiez,
Et rompre ce beau tout dont nous fûmes moitiez.

ADOLPHE.

S'il ſe rompt i'aime mieux que mon trépas le rompe,
Et que de vos ſoupçons ma perte vous détrompe,
Qu'vn Prince furieux me traitte en ſcelerat,
Pourueu que vous diſiez tu ne meurs point ingrat;
Vous ſerez malgré luy maiſtreſſe de ma gloire,
Et ie meurs dans l'honneur ſi vous le daignez croire;

Sa rigueur me deliure, & l'effet m'en plaist mieux,
Que des jours obscurcis & priuez de vos yeux;
Mon sort m'ostoit à vous par son cruel caprice,
Ie rens grace au Tyran qui vous en fait justice;
Ie ne viuois plus vostre, & ie meurs tout à vous,
Ie reprens à la mort le nom de vostre Espoux.
Oüy la rigueur des Loix qui doit estre assouuie,
Ne peut m'oster ce bien pour vn moment de vie;
Ie perdrois sans regret la franchise & le jour,
Si i'estois de ces biens quitte enuers vostre amour;
Mais i'en meurs redeuable, & les pers auec peine,
Quand ie ne les pers pas au seruice d'Irene.

IRENE.

Sers moy donc & te sauue en sauuant mes biens-faits;
Rens au moins ton salut à mes derniers souhaits.

ADOLPHE.

Quoy me sauuer & perdre Eugenie en ma place?
Ie vous obeyrois de trop mauuaise grace.

IRENE.

Crois-tu qu'Albert voulust la perdre au lieu de toy?

ADOLPHE.

Oüy pour mieux m'accabler d'infamie & d'effroy.

IRENE.

Croy qu'il monstre plûtost sa haine rallentie,
Et qu'il permet ta fuite en souffrant ta sortie.

ADOLPHE.

Il me retient par elle en des liens plus forts,
Qui captiue le cœur deliure mal le corps;
Ie suis captif en elle à qui ma foy m'engage.
Adieu Madame, il faut retirer mon ostage;
Mon deuoir qui languit pres d'elle en sa prison
Prend mon retardement pour vne trahison;
Si ce trop cher adieu que mon respect luy cele,
S'il vient à son oreille, helas! que dira-elle?

SCENE IV.

ADOLPHE, TRASILE, IRENE, EVGENIE.

EVGENIE.

IE diray qu'en vn temps si fatal à tés jours
Tu sembles malheureux dédaigner mon secours.
Ne m'as-tu pas promis quand i'ay remply ta place
De dérober ta vie au coup qui la menace?

Preferes-tu cruel ce friuolle entretien
Au soin de ton salut que ie prefere au mien?
M'oses-tu faire encor cette injure morrelle
Que refuser de moy le iour que tu pris d'elle?

ADOLPHE.

N'estes-vous pas sauuée, & ne le suis-je pas?

EVGENIE.

Quand ie retourne à toy ta perte suit mes pas.
Quand Albert me renuoye il craint que tu ne sortes,
Enuoyant apres moy des Gardes à nos portes;
I'ignore à quel dessein il nous sort de prison,
Et nous rend prisonniers dedans nostre maison;
Ie ne puis voir où tend sa procedure étrange,
Mais ie voy trop enfin qu'il nous hait & se venge.

ADOLPHE.

Si son maistre & le mien n'arrestoit ma vertu,
Ie sçaurois m'en defendre apres l'auoir battu;
Et pour mettre en éclat ma victoire ternie,
Mourrois armé d'vn fer que ie tiens d'Eugenie.

IRENE.

Faites mieux, ouurez moy l'accés à l'Empereur,
Vous verrez que ie puis plus qu'vn Prince en fureur;

EVGENIE.

Helas ! vous demandez vn moyen impoßible,
Noftre malheur vous rend ce Prince inacceßible;
Sauue l'honneur Adolphe, & meurs puis qu'il le faut,
Mais dans vn beau combat, non fur vn échaffaut;
Garde bien de fouffrir qu'vn Bourreau facrifie
A ton fleau vaincu ta gloire auec ta vie;
Si i'ay le bras trop foible à repouffer ton fort,
Au moins pour te venger ie le fens affez fort.
Oüy i'iray chez Albert admife en fuppliante
Joindre mes coups aux tiens, hafter fa mort trop lente;
Et répandant chez luy l'horreur où ie me voy,
Acheuer ta vengeance, & mourir comme toy.

IRENE.

Vengez-le, c'eft vn coup digne de fon Efpoufe;
Si ie combats pour luy n'en foyez point jaloufe,
Ie mourray pres de luy, mais ce lien nouueau
Nous rejoint fans nous voir riualles au tombeau.

ADOLPHE.

Employez ce grand cœur à fouffrir fans trifteffe,
Et i'employray le mien à perir fans foibleffe.

EVGENIE.

Quels funeftes objets !

❧❧❧❧❧❧❧❧❧❧❧❧❧❧❧❧❧❧❧❧

SCENE V.

ADOLPHE, IRENE, EVGENIE, TRASILE, ALBERT.

ALBERT ſuiuy de Gardes. Il les arreſte à la porte. Il a le bras en écharpe, s'apuyant ſur vn de ſes gens, & vn autre luy aporte vn ſiege.

      Demeurez Ferdinand,
Mon abord vous doit tous ſurprendre maintenant ;
Venir en cet eſtat c'eſt auancer mon heure ;
Mais quand i'auray parlé n'importe que ie meure ;
Madame mon reſpect qui vous ſort de priſon,
Ne peut mieux vous parler que dans voſtre maiſon.
Non ne penſez plus voir vn mortel auerſaire,
Adolphe a dans mon ſang amorty ma colere ;
Vn mouuement plus ſain m'emporte iuſqu'icy
A vous demander grace, & vous la faire auſſy.
Ie viens vous exhorter pour noſtre paix commune
A m'accorder vn poinct où giſt voſtre fortune ;
L'Empereur a daigné m'obliger aujourd'huy
A choiſir en mourant quelque faueur de luy ;

         P

I'ay demandé du temps pour choisir cette grace,
Ie vous la viens offrir, & veux qu'il vous la fasse;
Ie puis regler le sort à qui borne le mien,
Mon homicide est mort si ie ne le soustien;
Sa vie est dans mes mains, rendez-vous en maistresse,
En m'accordant vn poinct dont le deuoir vous presse;
Ie puis signer sa grace, & la veux deuant tous
Signer d'vn sang versé par luy-mesme & pour vous;
Si ie reçoy faueur, i'en offre vne plus grande,
Ie vous promets sa grace, accordez ma demande,
Consentez auec luy, faites le consentir,
Qu'il satisface Irene auec vn repentir;
S'il luy donna sa foy, permettez qu'il luy laisse,
Suffit qu'il ait pour femme vne aimable Princesse,
Qu'il confirme auec elle vn solennel accord;
Quittez-le par pitié pour l'oster à la mort,
Rendez-luy sa moitié, souffrez qu'il luy demeure,
A force de l'aimer ne souffrez pas qu'il meure.
Madame pensez-y, sa grace est à ce prix.

EVGENIE.

Quel est ce nouueau trait? qu'auez-vous entrepris?
Vous l'engagez ailleurs de peur qu'il me possede,

Et pour sauuer mon bien voulez que ie le cede.
Voyez si ie le puis, consultez nostre Loy.

ALBERT.

La Loy defere au Prince, il fera tout pour moy.

IRENE.

Quoy Seigneur voulez-vous qu'vn fol espoir me tente?
Perdre Adolphe & mourir est toute mon attente.

ADOLPHE.

Ce faux amy nous rend des secours d'ennemis;
Qu'il m'abandonne au fort où luy seul m'a soûmis,
Qu'il me laisse la mort seul remede à ma peine
Qui m'enleue au courroux d'Eugenie ou d'Irene,
Et sauue mon deuoir d'vn combat dangereux,
Ou de deux chers amours i'en rens vn malheureux;
Il vaut mieux perissant sans en trahir aucune,
Estre pleuré de deux, que d'estre hay d'vne.
Vous dont le long amour me rend des noms si doux, A Eug.
Vaut-il pas mieux finir, que de viure sans vous.
Ne m'aimez-vo° pas mieux vous que sa grace offēse A Ir.
Au tombeau qu'en vos bras contre la bien-seance.
Ie veux mourir Albert, mais non pas à ton choix,
Tu n'es pas de mes jours maistre comme tu crois,

P ij

Je puis les vendre encor, tu connois cette espée.

ALBERT.

Ta valeur contre nous sera mal occupée.

SCENE VI.

ADOLPHE, EVGENIE, IRENE, TRASILE,
ALBERT, FREDERIC.

FREDERIC.

Viens-tu mourir ceans Albert? & qui t'a mis
Plutost que pres de moy pres de tes ennemis?
Ie voy plus que ton corps ta raison abbatuë
De vouloir expirer chez celuy qui te tuë.

ALBERT.

Seigneur si i'en estois au poinct où vous croyez,
J'irois ailleurs qu'icy rendre l'ame à vos pieds;
Ma blessure est heureuse, & rien moins que mortelle,
Seigneur pardonnez-moy si ie la feignois telle;
D'abord ie me creus mort, puis i'ay feint de mourir,
Pour le mettre en disgrace, & puis le secourir,
Et i'acceptois de vous vne offre fauorable
Pour disposer d'Adolphe en son sort miserable;

Attachant à sa grace vne condition
Dont en vain i'ay flatté ma vaine paßion;
Mais sa vertu me force & d'außi bonne grace
Alors qu'il veut mourir, qu'alors qu'il me terraße.
Seigneur si i'employois vostre faueur contr'eux,
Ie l'implore à present pour ces cœurs genereux.

FREDERIC.

Quoy la peur de ta mort m'aura tiré des larmes
Sans venger autrement ton mal & mes allarmes?
Pardonne si tu veux à qui verse ton sang,
Ie ne le puny pas pour toy, mais pour ton rang.
Veux-tu qu'impunément vn sujet s'abandonne
A blesser iusqu'en toy l'honneur de la Couronne?

SCENE DERNIERE.

ADOLPHE, EVGENIE, IRENE, ALBERT, FREDERIC, LEON.

LEON.

Seigneur qu'heureusement ie viens pour garentir
Mon Prince d'vn abus qui l'eut fait repentir.

S'il faut punir l'autheur d'vn combat déplorable,
Pour le moins discernez l'innocent du coupable ;
C'est moy qui le premier eus prise auec Albert
Quand le respect d'Adolphe en auoit tout souffert,
Et sa main n'a rien fait que seruir mon courage
Lors qu'on ne l'attaquoit que pour me faire outrage.

ADOLPHE.

Ne trompez point le Prince au choix du criminel,
Ie combattois Albert, ce crime est personnel.

LEON.

Il dira que sa haine est pour moy personnelle.

ADOLPHE.

Il dira que c'est moy qui vuidois la querelle.

LEON.

Sa Maiesté voit bien si ie m'accuse à tort.

ADOLPHE.

Ouy, puis qu'elle nous iuge elle nous met d'accord.

LEON.

Ah ! permets que ma mort sauue vne infortunée
Que ton arrest mortel a déja condamnée ;
Souffre par deference, ou plustost par pitié,
Qu'on sauue en toy ma fille, ou du moins ta moitié.

ADOLPHE.

Auec quel front dirois-je à ma chere Eugenie,
On vous sauue vn Espoux par son ignominie,
Par la perte d'vn pere & de vostre support.

LEON.

Elle te receura comme vn prix de ma mort.

ADOLPHE.

Interrogez son cœur, consultez sa tendresse,
Pour qui plûtost des deux son deuoir l'interesse,
Pour l'autheur de son trouble, ou celuy de ses jours.

LEON.

Presse & consulte enfin ses plus cheres amours,
Tu verras qu'il vaut mieux qu'vne mort luy deliure
Celuy que Dieu luy rend, & qu'elle voudroit suiure,
Que celuy qui ne peut luy seruir qu'en mourant.

EVGENIE.

Ah dispute funeste! ah mortel diferent!
A quel sang en veut-on? est-ce au vostre? est-ce au vostre?
Quels vœux faire pour l'vn qui n'assassinent l'autre?
Faut-il d'vn tout si cher trahir vne moitié?
Et comment n'estre pas impie en ma pitié?
Quel deuoir, quel respect faut-il que ie reclame

Pour ne paresſtre pas cruelle fille ou femme?
Mon cœur entre vous deux n'oſe en choiſir aucun,
Pour aucan ne ſouhaite, & tremble pour chacun.
Quelque ſang qu'on répande il eſt toûjours le noſtre,
Mais qui meurt de vous deux me rend morte pour l'autre;
Ie ſuis au ſeul qui meurt, & ne vous fay point tort
D'oublier le viuant pour ne ſonger qu'au mort.
Qui donc eſt-ce de vous qu'il faudra que ie pleure?
D'vn pere ou d'vn mary lequel veut-on qui meure?
Qui de vous doy-je perdre? ah! s'il faut faire vn choix
De vous deux ie ne puis, ie le puis de nous trois.

ALBERT.

Le moyen qu'entr'eux deux voſtre bonté choiſiſſe?

FREDERIC.

Ie ne puis que choiſir vn coupable ou complice.

LEON.

C'eſt moy qui l'ay bleſſé, c'eſt moy qui doy mourir.

ADOLPHE.

C'eſt moy qui l'irritois, c'eſt moy qui doy perir.

FREDERIC.

Tous deux vous diſputez le ſupplice & le crime,
Albert n'aura pas trop d'vne double victime.

EVGENIE.

Helas !

IRENE.

I'y periray fi ie ne les en fors,
Quatre pour l'innocence ont fait de vains efforts.
Seigneur ne fouffres pas qu'en vain le mien fe faffe,
C'eft pour voftre falut que i'implore leur grace ;
Voftre deffein vous perd fi vous le pourfuiuez,
Seigneur c'eft fait de vous fi vous ne les fauuez.
Mais pour mieux expliquer ce mot qui vous étonne,
On forme vn attentat contre voftre perfonne ;
Peut-eftre auant leur mort que le coup du trépas
Vous viendra d'vne part qu'on ne foupçonne pas ;
Mais feule ie puis rompre vn coup fi temeraire.

FREDERIC.

Seule vous le pouuez, & n'en voulez rien faire ?

IRENE.

Ie ne puis ny ne dois détourner ce malheur,
Sans engager icy voftre falut au leur.

FREDERIC.

Direz-vous quelle main s'arme contre ma vie ?

Q

LE BIGAME GENEREVX,

IRENE.

Accordez-vous deuant leur grace à mon enuie?

FREDERIC.

Sans leur grace ie puis me garder de tels coups,
Et puis encor tirer la verité de vous.

IRENE.

Seigneur vous ne pouuez peut-estre l'vn ny l'autre.

FREDERIC.

Peut-estre ignorez-vous quel pouuoir est le nostre.

IRENE.

Si d'vn Prince absolu vous auez le pouuoir,
J'ay le cœur de Princesse, & vous le feray voir.

FREDERIC.

Rompez donc en Princesse vn coup qui me menace,
Rendez-moy cet office.

IRENE.

Accordez-moy leur grace.

FREDERIC.

Je la donne à vos vœux & non pas à l'effroy.
Mais pour l'enteriner enfin découurez-moy
Quelle rage attentoit....

IRENE.

> *Ie ne ſçache perſonne*
Qui ſe vueille venger d'vn Prince qui pardonne.

FREDERIC.

Sans ce pardon quel bras ſe deuoit ſignaler ?
Sçachons la verité; Madame il faut parler,
Qui deuoit entreprendre....

IRENE.

> *Au poinct où ie m'engage*
Vous pouuez remarquer la perſonne au courage.
A quoy bon la nommer ? vous la reconneſſez;
I'allois venger Adolphe, en ay-je dit aſſez ?
Traittez-moy maintenant d'Eſclaue ou de Princeſſe,
Ie m'acquitte vers vous, vous tenez-moy promeſſe,
Sauuez en eux des jours que vous deuez cherir,
Tranchez-en que ie hay quand i'aſpire à mourir.

FREDERIC.

Vous en demandez trop coupable genereuſe,
De vouloir les ſauuer & mourir malheureuſe:
Oüy vous les ſauuerez, mais vous ne mourrez pas,
Vous auiez trop de cœur pour ſoüiller voſtre bras;
I'excuſe cet aueu dans vne ame hautaine,

Voſtre pitié pour eux pour moy n'eſtoit pas haine,
Ioüiſſez de leur grace, ayez part à leur paix,
Viuez dans vne foy qui fait viure à iamais;
Ie veux en ſon honneur reconneſtre ce zele
Qui vous fait mépriſer vos plus chers droicts pour elle,
Et combler de tels biens la paix que ie vous rens,
Qu'aupres d'eux vous plaigniez le ſort de vos parens;
Ils ne meritoient pas celle qu'ils ont perduë,
A l'Empire Chreſtien la conqueſte en eſt deuë,
Et nous auons conquis ſans auoir combattu
Tout le bonheur d'Egypte ᵹ toute ſa vertu.

ALBERT.

Voy-je en cette grande ame vne vertu d'Affrique?
Naiſt-il d'vn ſang barbare vne force heroïque?
Tout celuy des Chreſtiens que l'Egypte a verſé
Par vous icy Madame eſt bien recompenſé.
Pour voir auſſi par vous ma diſgrace finie,
Recompenſez l'eſpoir que ie pers d'Eugenie;
Ce que i'aimois en elle ᵹ de grand ᵹ de beau
Vient me ſurprendre en vous d'vn charme tout nouueau;
Souffrez que i'aime en vous, mais d'vne ardeur plus belle,
Ce qui ne m'eſt permis que d'honorer en elle;

Agreez vn beau feu qui me puiſſe effacer
Les traces d'vn ſuſpect qui pourroit l'offenſer,
Le vainqueur d'vn amour dont l'objet eſt inſigne
N'eſt pas pour vous Madame vne conqueſte indigne.

FREDERIC à Irene.

Moy ie vous l'offre auſſi pour vous rendre vn Eſpoux,
Et le comble d'honneurs pour l'aſſortir à vous.

IRENE.

Puis-je en accepter vn? peut-il m'eſtre ſortable
A moins qu'il ſoit enſemble illuſtre & miſerable?
Qu'il m'égale en courage en vn pareil tourment,
Qu'il retracte ſans haine vn amoureux ſerment,
Qu'il rompe auec ſoy-meſme & quitte ſans foibleſſe
Vn party comparable à celuy que ie laiſſe.
Non non quelque bonté qui vueille me charmer,
Ceſſant d'aimer Adolphe il ne faut plus aimer;
Prince & vous dont la grace en me faueur éclate,
Ne m'obligez point tant que ie ne ſois ingratte.

FREDERIC.

Ah! qui craint d'eſtre ingrat peut bien aimer vn iour.

IRENE.

Je fuy l'ingratitude encor plus que l'amour;

Albert m'en donneroit si i'en estois capable,
Et n'estant pas aimé n'en est pas moins aimable.

FREDERIC.

Il faut qu'vn long respect l'aide à vous meriter,
Il vous rendra ses soins, daignez les accepter,
Et prendre chez ma sœur vn honneste retraitte.

IRENE.

I'iray pour vous y rendre vn denoir de sujette.
Seigneur laissez calmer vn cœur troublé d'ennuis, *A Albert.*
Vous nommer genereux est tout ce que ie puis.

ALBERT.

Déja pour vous seruir ma guerison se presse.
Vous que i'ay trauersez, pardonnez ma foiblesse,
L'exemple de Madame aide à me conuertir.

ADOLPHE.

Fauorable ennemy!

EVGENIE.

Genereux repentir!

LEON.

Nous vous deuons seruice, à Madame la vie.

FREDERIC.

Viuez tous satisfaits jusqu'à me faire enuie;

Vous Adolphe à iamais celebrez ce beau jour
Où tant d'heureux accords marquent voftre retour.

FIN.

www.ingramcontent.com/pod-product-compliance
Lightning Source LLC
Chambersburg PA
CBHW070816250626
47170CB00006B/2130